一頁 folio

始于一页，抵达世界

TWO SERIOUS LADIES
两位严肃女士

Jane Bowles

[美] 简·鲍尔斯 著

周蕾 译

当代世界出版社
THE CONTEMPORARY WORLD PRESS

第一部 PART ONE

克里斯蒂娜·戈林的父亲是一位德裔美国实业家，母亲出身纽约名门。克里斯蒂娜在一所非常漂亮的房子里度过了她的前半生。房子距市区不到一小时路程，是她母亲留下的，她和姐姐苏菲就是在这房子里被带大的。

还是孩童时，克里斯蒂娜就很不招其他孩子喜欢。这倒从不叫她难过——小小年纪就有着丰富的内心世界，使得她对周遭事物观察得不够细致，以至于对流行的言谈举止毫无了解，才十岁就被其他女孩笑称"老土"。即便在那时，她俨然已是一副狂热信徒的模样——认为自己是先驱，却换不来别人的尊重。

克里斯蒂娜被某些不可能出现在她同龄人脑海里的想法折磨着，她也坦然接受自己在同伴间的地位，而这种境遇会让任何其他孩子觉得难以忍受。时不时会有同学可怜她，愿意陪陪她；但克里斯蒂娜丝毫不知恩图报，反而千方百计让她的新朋友也信奉她那时狂热崇拜的东西。

而她的姐姐苏菲,却赢得了学校里所有人的喜爱。她在写诗方面极有天赋,整天和一个小她两岁、名为玛丽的文静小姑娘待在一起。

克里斯蒂娜十三岁时,头发火红(她长大后,头发几乎还是这么红),脸蛋潮润透粉,鼻子显露出贵族的气质。

那一年,苏菲几乎每天都带玛丽回家用午餐。饭后她会领玛丽在林子里走一走,两人各挎一只篮子,用来采花。苏菲不允许克里斯蒂娜跟着她们去散步。

"你得找点自己的事做。"苏菲对她说。但是要克里斯蒂娜想出能干点什么自得其乐,这太难了。独处时她总会经历许多思想斗争,通常是关于宗教信仰的;所以她更愿意和别人待在一起,做做游戏。这些游戏极具道德意味,通常跟上帝有关。然而没人喜欢玩这些游戏,她只好终日一个人待着。她试过一两次独自去林子里采点花,学玛丽和苏菲的样;但每次都担心采来的花不够扎成漂亮的一束,于是把篮子塞得满满当当的,以至于举步维艰,散步变得困难重重,失去了乐趣。

克里斯蒂娜渴望能与玛丽独处一个下午。一天,阳光明媚,苏菲进屋学钢琴了,玛丽仍坐在草地上。克里斯蒂娜在不远处看见了,赶紧跑回家,心脏激动得怦怦直跳。她脱掉鞋袜，身上只留一条短短的白衬裙。这场景并不十分令人赏心悦目，因为此时的克里斯蒂娜很壮实，两条腿相当粗胖。（难以预见她长大后会变成一位高挑优雅的女士。）她跑到草地上，喊玛丽看她跳舞。

"盯紧了，"她说，"我要跳一支舞，歌颂太阳。然后我要表明，我宁愿要上帝不要太阳，而不是要太阳不要上帝。懂了吗？"

"懂了，"玛丽说，"你现在就跳吗？"

"是的，我就在这儿跳。"她突然就跳了起来，舞姿很笨拙，动作有些犹豫不决。苏菲出来时，克里斯蒂娜正双手交叉以祈祷的姿势前前后后地跑着。

"她在做什么？"苏菲问玛丽。

"我想是在跳献给太阳的舞蹈，"玛丽说，"她叫我坐在这儿看着她。"

苏菲走向克里斯蒂娜，后者在一圈又一圈地旋转着，双手在空中微微颤动。

"卑鄙！"她说道，猛地把克里斯蒂娜推倒在草地上。

那之后很长一段时间，克里斯蒂娜都躲着苏菲，也因此无法接近玛丽。不过，她还有过一次得以与玛丽相处的机会。一天上午，苏菲突然牙痛难忍，她的家庭教师只好赶紧带她去看牙医。但玛丽对此毫不知情，下午仍旧过来了，还以为苏菲在家。克里斯蒂娜当时正在孩子们常待的塔楼里，看见她从小路上走来。

"玛丽,"她尖声叫道,"上这儿来。"玛丽来到塔楼后,克里斯蒂娜问她是否愿意和自己玩一个特别的游戏。"名字叫'我赦免你所有的罪',"克里斯蒂娜说,"你得把裙子脱了。"

"好玩吗?"玛丽问。

"这不是为了好玩,而是有必要玩。"

"那好吧,"玛丽说,"我和你玩。"她脱下裙子,克里斯蒂娜往她头上套了个粗麻布袋子。克里斯蒂娜在袋子上挖了两个孔,好让玛丽能看到外面,然后在她腰上系了根绳子。

"来吧,"克里斯蒂娜说,"你的罪将得以赦免。要不断对自己说:'愿主宽恕我的罪。'"

她带着玛丽匆匆下了楼梯,穿过草坪,朝林子走去。克里斯蒂娜还不清楚自己究竟要做什么,但感到非常兴奋。她们来到林边的溪流旁,溪水两岸的地面松软而泥泞。

"到水边来,"克里斯蒂娜说,"我们要以这种方式洗去你的罪。你得站到泥里。"

"在泥边上吗?"

"在泥里边!你嘴里的罪尝起来苦涩吗?必定如此。"

"是的。"玛丽迟疑着回答。

"所以你希望像花儿一样又干净又纯洁,不是吗?"

玛丽没有回答。

"如果你不躺进泥里,让我在你身上铺满泥,然后在溪水里把你冲洗干净,你就会永远有罪。你希望自己永远有罪吗?到了你做决定的时候了。"

玛丽站在黑麻袋里面,一言不发。

克里斯蒂娜把她推倒在地上,开始往袋子里塞泥巴。

"泥巴好冷。"玛丽说。

"地狱里的火倒是热的,"克里斯蒂娜说,"如果你让我这么做,你就不会下地狱。"

"别搞太久。"玛丽说。

克里斯蒂娜非常激动,两眼冒光。她不断地把泥抹到玛丽身上,然后对她说:

"现在你可以去小溪里得到净化了。"

"不,拜托,不要下水——我不想去水里,我怕水。"

"别想着你怕什么了。上帝在看着你呢,祂对你可没什么同情之心。"

克里斯蒂娜将玛丽从地上一把抱起,带着她走进水里。她忘了脱掉自己的鞋袜,裙子上沾满了泥。然后她把玛丽的身子没入水中。玛丽透过粗麻布袋子上的那两个孔看着她,甚至都没想过要挣扎一下。

"三分钟应该够了,"克里斯蒂娜说,"我要给你做个祷告。"

"啊,别!"玛丽哀求道。

"当然要了。"克里斯蒂娜说着,眼睛望向天空。

"敬爱的神,"她说,"让这个女孩玛丽如您的儿子耶稣一般纯洁。洗去她的罪,如同水流洗去这淤泥。这件黑色的粗麻布衣向您证明,她认为自己是一个罪人。"

"别喊了,"玛丽小声道,"就算你低声默念祂也能听到。你现在是在大声喊。"

"我想三分钟到了,"克里斯蒂娜说,"来吧,亲爱的,现在你可以站起来了。"

"我们跑回去吧,"玛丽说,"我要冻死了。"

她们朝家跑去,从后面的楼梯回到了塔楼。塔楼里很热,因为所有窗子都关着。克里斯蒂娜突然感觉非常不舒服。

"去吧,"她对玛丽说,"去洗个澡把自己弄弄干净。我要画画了。"她感到很不安。"结束了,"她自言自语道,"游戏结束了。等玛丽擦干身子我就让她回家去。我要给她点彩色铅笔让她带回家。"

玛丽洗完澡后裹在一条毛巾里出来了。她还在发抖,湿漉漉的头发笔直的,脸看上去比平常更小。

克里斯蒂娜扭头不看她。"游戏结束了,"她说,"不过就花了几分钟——你该把自己擦擦干——我要出去了。"她走出了房间,留下把毛巾往肩头拉紧的玛丽。

成年后,戈林小姐也并不比孩童时期更受人待见。

她现在和与她做伴的加默隆小姐一起住在纽约市外的家中。

三个月前，戈林小姐正坐在客厅里，望着外面光秃秃的树。这时，女仆告知有人到访。

"一位先生还是一位女士？"戈林小姐问。

"一位女士。"

"快请她进来。"戈林小姐说。

女仆回来了，后面跟着来客。戈林小姐从座位上起身。"您好，"她说，"我想我们之前不曾谋面，不过请坐。"

女客身材矮小敦实，看上去四十岁左右；她穿着暗淡落伍的衣服，除了那对灰色的大眼睛外，整张脸放在任何场合都毫不起眼。

"我是你们家庭教师的表妹，"她对戈林小姐说，"她和你们一起待了许多年。您记得她吗？"

"记得。"戈林小姐说。

"我叫露西·加默隆。我表姐总是谈论您和您姐姐苏菲。这些年来，我一直想着要拜访您，但总有事，抽不开身。没想到就没来成。"

加默隆小姐红了脸。她还没脱下帽子和大衣。

"您家真漂亮，"她说，"我猜这不用我说，经常有人夸吧。"

此时戈林小姐已经对加默隆小姐充满了好奇。"您是做什么的呢?"她问她。

"也没做什么。我之前一直给有名的作家打手稿,但现在似乎不怎么需要作家了——除非他们都在自己打字。"

戈林小姐陷入沉思,没有说话。

加默隆小姐无助地朝四处看了看。

"您大多数时间是待在家里还是经常旅行呢?"她出其不意地问戈林小姐。

"我从未想过去旅行,"戈林小姐说,"我不需要旅行。"

"出身于你们这种家庭,"加默隆小姐说,"我猜你们生来就知晓一切,不必四处旅行。我曾有过两三次机会和雇我的作家去旅行。除我的工资以外,他们还愿意支付我所有的开销,但是我都没去。除了有一次,那还是去加拿大。"

"您不喜欢旅行。"戈林小姐盯着她说。

"旅行让我难受。那次我体验过了。我的胃不舒服,还总是头痛。受够了。这是有先兆的。"

"我非常理解您。"戈林小姐说。

"我坚信,"加默隆小姐接着说道,"要观察先兆。有些人不留心先兆,最终才陷入麻烦。我认为一旦你对某件事感到奇怪或紧张,就说明你不适合去做这事。"

"继续说。"戈林小姐说。

"比如，我清楚我不适合当飞行员。我总是梦见自己摔到地上去。有许多事我绝不会做，即使我被认为犟得像头驴。比方说吧，我不会穿越一大片水域。即使我漂洋过海去到英国就可以拥有我想要的一切，我都不会去。"

"好吧，"戈林小姐说，"我们来点茶和三明治吧。"

加默隆小姐狼吞虎咽，不住地夸赞戈林小姐的食物。

"我喜欢美食，"她说，"我现在吃不到那么多好吃的了。我给作家们干活那会儿还行。"

她们用过茶点后，加默隆小姐就起身告辞了。

"跟您聊得很开心，"她说，"我本可多待一会儿，但我答应了我的一个侄女，今天晚上帮她看孩子，她要去参加舞会。"

"您肯定觉得挺郁闷吧。"戈林小姐说。

"是的，您说对了。"加默隆小姐回答。

"请一定再来玩。"戈林小姐说。

第二天下午，女仆告知戈林小姐有一位访客。"就是昨天来的那位女士。"女仆说。

"啧啧，"戈林小姐心想，"这可真行。"

"今天感觉如何呀？"加默隆小姐边走进房间边问道。她的语气很自然，似乎对自己这么快就再来拜访并不觉得奇怪。"昨晚我一直在想着你，"她说，"挺逗的，我总觉得应该见见你。表姐告诉过我你有多么奇怪。但我想，你要么可以跟怪人更快交上朋友，要么就永远与他们做不成朋友——二者必居其一。雇我的许多作家都很怪，我因此得以与这些大多数人无法接触的怪人打交道。对于那些我称之为货真价实的疯子，我也略知一二。"

戈林小姐邀请加默隆小姐共进晚餐。她发现加默隆小姐让人放松，相处起来很舒服。而加默隆小姐惊讶于戈林小姐竟然如此神经兮兮。她们正要坐下时，戈林小姐说自己没法忍受在餐厅里吃饭，于是叫仆人把饭菜摆到客厅里。她还花了很长时间开灯关灯进行调试。

"我清楚你的感受。"加默隆小姐对她说。

"我也不怎么喜欢这样，"戈林小姐说，"不过是希望未来不至于失控。"

饭间，加默隆小姐边喝酒边跟戈林小姐说，她这副样子再正常不过了。"不然呢？亲爱的，"她说，"出身于这样一个家庭，你们所有人都很敏感，神经紧绷——所有人。你们得允许自己做点旁人没权利允许自己做的事。"

戈林小姐有点微醺了。她眼神迷离地看着正吃着第二份红酒烩鸡的加默隆小姐，后者嘴角还沾着一点油。

"我喜欢喝点酒，"加默隆小姐说，"但得工作时就别想了。有充足的休闲时光可真好。我现在就闲得很。"

"你有守护天使吗？"戈林小姐问。

"嗯，我有个死去的姑妈，如果你是这意思的话。她可能在保佑着我吧。"

"我不是这意思——我说的是非常不同的东西。"

"好吧,当然……"加默隆小姐说。

"守护天使在你很小时来到你身边,给你特赦。"

"免于什么?"

"免于世界之苦。给你的可能是运气,给我的是金钱。大多数人都有一个守护天使,所以他们才行动迟缓。"

"这样看待守护天使,挺有想象力嘛。我猜我的守护天使就是我跟你讲过的'留意先兆'。她说不定能让我照看我们俩。这样一来我就可以让你免于灾祸。当然啰,得先经过你的同意。"她又补了一句,看上去有点不知所措。

那一刻,戈林小姐清晰地认识到,加默隆小姐根本不是什么好人,但她不想承认这个事实,因为这种被悉心照料的感觉太让人享受了。她告诉自己,稍微沉溺片刻也没事。

"加默隆小姐,"戈林小姐说,"如果你能把这儿当成自己家,那就太好了——至少暂时住一阵。你应该没什么紧急的事要做而不得不待在其他地方,对吧?"

"没有,我没什么事要做,"加默隆小姐说,"我想不出我不能留在这儿的理由——我得去我姐姐家拿东西。除此之外我想不出其他事。"

"什么东西?"戈林小姐不耐烦地问道,"别回去了。

我们可以去店里买东西啊。"她起身在房间里快速地来回踱着步。

"嗯,"加默隆小姐说,"我觉得我最好还是去拿一下我的东西。"

"但不要今晚就去,"戈林小姐说,"明天——明天开车去。"

"明天开车去。"加默隆小姐跟着重复道。

戈林小姐安排加默隆小姐住在靠近自己卧室的一个房间里,晚饭后不久就带她过去。

"这间房,"戈林小姐说,"拥有整栋房子最好的景致之一。"她把窗帘拉开。"今晚你能看到月亮和星星,加默隆小姐,还有天空映衬下大树那美丽的轮廓。"

天色昏暗,加默隆小姐站在梳妆台旁,指尖摩挲着别在裙子上的胸针。她希望戈林小姐能走开,好让她自己掂量掂量这所房子和戈林小姐的邀请。

窗台下的灌木丛里突然有了些动静,戈林小姐吓了一跳。

"什么东西?"她脸色煞白,一只手扶住额头。"每次受到惊吓,我的心脏都要疼好久。"她小声说着。

"我想我最好现在就上床睡觉。"加默隆小姐说。她突然觉得酒劲上来了。戈林小姐十分不情愿地走了——她本打算聊个半宿的。第二天早上,加默隆小姐回家收东西,给了她姐姐自己的新地址。

三个月后,关于加默隆小姐的心思,戈林小姐知道得并不比两人第一次一起吃饭的那个晚上多。不过,通过察言观色,她对于加默隆小姐的个人特点了解得颇为详尽。加默隆小姐首次来访时,大谈特谈自己对奢华精美之物的喜爱,但是之后戈林小姐带她逛过无数次街,除了简单的生活必需品以外,她却从未对其他任何东西表现出兴趣。

她很安静,甚至有点郁郁寡欢,但看上去挺心满意足的。她爱去很贵的大餐厅吃饭,尤其是有佐餐音乐的餐厅。她似乎不怎么喜欢看戏。经常是戈林小姐买好了戏票,到最后一刻加默隆小姐突然不打算去了。

"我好累啊,"她会说,"此时此刻那张床仿佛是世界上最美妙的东西。"

即便她去了戏院,也很容易觉得无聊。一旦剧情有些拖沓,戈林小姐就会发现她低头看着自己的腿,玩手指。

比起她自己的事务来,现在加默隆小姐似乎更操心戈林小姐的安排——虽然她已不像最初那样愿意倾听戈林小姐谈论自己。

周三下午,加默隆小姐和戈林小姐正坐在屋前的树底下。戈林小姐喝着威士忌,加默隆小姐在读书。女仆出来告知戈林小姐,有人来电话找她。

电话是戈林小姐的老朋友安娜打来的,邀请她第二天晚上去参加一场派对。戈林小姐回到草坪上时非常激动。

"我明晚要去一个派对,"她说,"但我已经迫不及待了——我非常想去参加派对,却很少受到邀请,我几乎都不知道到时该怎么表现了。在那之前,我们该干点什么来打发时间呢?"她握住加默隆小姐的双手。

天气转凉,戈林小姐打了个寒战,笑了。"你觉得我们的小日子过得舒坦吗?"她问加默隆小姐。

"我一直感到很满足,"加默隆小姐说,"因为我清楚自己要什么,懂得取舍;你却总是被外界左右。"

戈林小姐到安娜家时,两颊绯红,着装也有些过于正式了。她穿着天鹅绒裙子,加默隆小姐还在她发际别了几朵花。

男士们——大多数是些中年人——围站在房间的角落里,一边抽烟一边仔细地听着彼此说话。妆容精致的女士们散坐在房间里,不怎么聊天。安娜看上去有点紧张,尽管她面带微笑。她穿着一件待客用的长礼服,用一条中欧农妇裙改的。

"酒水马上就来。"她告诉客人们。随后她看见了戈林小姐,朝她走了过去,并把她引到科波菲尔德太太旁边的椅子上,全程没说一句话。

科波菲尔德太太有一张棱角分明的小脸,头发乌黑,身形极其瘦小。戈林小姐在她旁边的椅子上坐下时,她正紧张兮兮地揉搓着手臂,四处张望。她们很多年前就在安娜的派对上见过,偶尔会约着喝个下午茶。

"啊!克里斯蒂娜·戈林!"科波菲尔德太太惊讶地发现她的朋友突然坐到了身边,叫道,"我要走了!"

"你的意思是,"戈林小姐说,"你要从这派对上离开吗?"

"不,我要去旅行了。等我到时再跟你说吧。真是糟透了。"

戈林小姐注意到,科波菲尔德太太的眼睛比以往更亮。"出什么事了,小科波菲尔德太太?"她一边问一边从椅子上站起身,环顾四周,脸上挂着明媚的笑容。

"唉,我敢肯定,"科波菲尔德太太说,"你不会想要知道的。你肯定瞧不上我,但那也没什么,因为我可是对你充满了敬意。有一天我听我丈夫说你是个宗教情结很重的人,为此我们几乎狠狠地吵了一架。那真是无稽之谈。你变幻莫测,过得非常精彩,除了自己谁也不怕。我讨厌别人身上的宗教情结。"

戈林小姐没有答话,因为最后一两秒的时间里,她正盯着一个黑发、敦实的男人看,那男人拖着步子穿过房间,朝她们这边走来。等他走近,她瞧见他有一张讨喜的脸,赘肉从下巴两侧鼓出,但不像大多数胖子那样垂下来。他穿着一套蓝色的商务西装。

"我能坐你们旁边吗?"他问两人。"我之前见过这位年轻的女士,"他说着,和科波菲尔德太太握了握手,"但是恐怕还没见过她朋友。"他转过身朝戈林小姐点了点头。

科波菲尔德太太很恼火谈话被打断,气得忘了将戈林小姐介绍给这位先生。他拖了把椅子坐在戈林小姐旁边,看着她。

"我刚吃完一顿很赞的晚餐,"他对她说,"价位适中,但是厨艺精湛,服务周到。你感兴趣的话,我可以给你写一下这家小餐厅的名字。"

他伸手从西装背心口袋里拿出皮夹,只找到一张没有写满地址的小纸片。

"我把地址写给你,"他对戈林小姐说,"毫无疑问你会再跟科波菲尔德太太见面,到时你可以转告她,或者她可以给你打电话。"

戈林小姐接过小纸片,仔细看上面写的字。

他根本没写什么餐厅名字,而是请戈林小姐同意稍后跟他回公寓的家里。这让她无比开心,因为一旦离开自己家,她总希望在外面能待多晚是多晚。

她抬头看着那男人,男人的脸色如今变得难以捉摸。他平静地抿着酒,环顾四周,就像某个终于结束商业会谈的人。不过,他的额头上沁着汗珠。

科波菲尔德太太厌恶地盯着他,但戈林小姐突然来了精神。"让我来告诉你们,"她对他俩说,"我今早碰到的一件怪事。坐好了，小科波菲尔德太太，听我说。"科波菲尔德太太抬头看着戈林小姐，并握住了她的手。

"昨晚我待在城里，和我姐姐苏菲住一起，"戈林小姐说，"今天早上我站在窗前喝咖啡。有人在拆苏菲家旁边的房子。我觉得他们想在那儿盖一栋公寓楼。今天早上不仅风大得很，雨还断断续续地下。因为我正对面的那堵墙已经被拆掉了，我从窗口可以看到那栋房子的房间内部。部分家具还在，我就站那儿看着，眼见雨点打在墙纸上。墙纸上有花的图案，上面已经有了些暗斑，斑点越来越大。"

"真有趣，"科波菲尔德太太说，"或者不如说，真压抑。"

"看着看着我觉得挺难过的，正打算走开。这时一个男人走进其中一个房间，径直走向床，拿起床罩，叠好夹在腋下。显然这是一件他忘记打包带走的私人物品，现在又回来取。然后他漫无目的地在房间里转了一会儿，最后站在房间边缘，双手叉腰看着底下的院子。现在他在我眼中更清晰了，我能明显看出他是一个艺术家。他站在那儿时，我感到越来越害怕，就像在看着噩梦中的场景一般。"

这时，戈林小姐突然站了起来。

"他跳了吗？戈林小姐。"科波菲尔德太太激动地问道。

"没有，他在那儿站了好一会儿，脸上带着愉悦又好奇的表情看着底下的院子。"

"精彩，戈林小姐，"科波菲尔德太太说，"我觉得这是一个有趣的故事，真的，但是把我吓得够呛，我可不愿意再听这样的故事了。"话音刚落，她就听到她丈夫说：

"我们要去巴拿马，在深入内陆前会在那儿逗留一阵。"科波菲尔德太太捏了捏戈林小姐的手。

"我觉得我受不了，"她说，"真的，戈林小姐，一想到要去那儿我就怕得不行。"

"换作是我，就会去的。"戈林小姐说。

科波菲尔德太太从椅子上跳起来，跑进了书房。她小心地锁好门，然后在沙发上缩成一团，伤心地啜泣着。哭完后，她补好妆，坐在窗台上，看着底下黑漆漆的花园。

一两个小时后，阿诺德——也就是那个穿蓝色西装的敦实男人——还在和戈林小姐聊着。他建议他们不要待在派对中了，改去他房子里。"我认为我们在那儿会愉快得多，"他对她说，"那儿没这么吵，我们能更畅快地聊一聊。"

戈林小姐还一点都不想离开，她极为享受待在全是人的屋子里；但她不太清楚要如何才能不接受他的邀请。

"当然可以，"她说，"我们走吧。"两人起身，一起安静地离开了房间。

"不要告诉安娜我们要走了,"阿诺德对戈林小姐说,"那只会搞得吵吵闹闹的。我答应你,明天会送点糖果给她——或者一束鲜花。"他捏了捏戈林小姐的手,对她笑了笑。她觉得他似乎有点太随便了。

离开安娜的派对后,阿诺德和戈林小姐走了一小段,然后叫了辆车。去他家的路上经过许多昏暗又荒凉的街道。这使得戈林小姐非常紧张,她那神经兮兮的样子让阿诺德很是担心。

"我一直认为,"戈林小姐说,"司机就等着乘客专心致志地聊天,好趁机沿着某条路飞速行驶,开到某个偏远而荒无人烟的地儿,然后折磨他们或者杀了他们。我敢肯定大多数人想的都跟我一样,只是他们碍于面子不说而已。"

"你住在城外那么远的地方,"阿诺德说,"为何不在我家里过夜呢?我们空了一间房呢。"

"或许我会的,"戈林小姐说,"虽然这有悖于我的道德准则——但我从未得以根据道德准则行事,尽管我凭此明辨是非。"说完,戈林小姐情绪有些低沉。他们就那样坐在车里,没说一句话,直至到达目的地。

阿诺德的公寓在二楼。他开了门,两人走进一个四周书架直抵天花板的房间。沙发铺成了床,阿诺德的拖鞋躺在旁边的毯子上。家具很厚实，四处散放着一些小巧的东方风情的地毯。

"我睡这儿，"阿诺德说，"我爸妈住卧室。我们有一个小厨房，但多数时候我们更愿意出去吃。还有一个小房间，原本是打算给用人住的。但我宁愿睡这儿，让目光从一本书游荡到另一本书上——对我来说书籍是莫大的慰藉。"他深深地叹了一口气，双手搭在戈林小姐肩头。"你瞧，亲爱的女士，"他说，"我并非完全在做自己想做的事……我是搞房地产的。"

"那你想做什么呢？"戈林小姐问道，看上去有些厌倦，提不起兴趣。

"自然是，"阿诺德说，"跟书沾点边的，或者跟画画沾点边的。"

"但你做不了？"

"做不了，"阿诺德说，"我家里人认为这些不是什么正经工作，而且我必须挣钱谋生，共同承担这公寓的费用，所以只得去我叔叔那里当差——不得不说我很快就成了他的明星销售。但是到了晚上，我有充足的时间跟房地产圈子外的人混在一起。实际上，他们几乎从不想着赚钱的事；对于吃饱饭，他们自然还是感兴趣的。虽然我已经三十九岁了，但我仍渴望能与家庭彻底决裂。我看待生活的眼光与他们不同。而且我觉得跟他们住一起，生活变得越来越棘手了，虽然我爱招待谁就招待谁，毕竟这公寓的日常开销还算上了我的一份呢。"

他在沙发上坐下,双手揉着眼睛。

"对不起,戈林小姐,我突然觉得好困。待会儿肯定会好起来的。"

戈林小姐的酒渐渐醒了,她认为是时候回到加默隆小姐身边了;但她不敢一个人搭车回家。

"唉,想必这让你挺失望的,"阿诺德说,"但是我爱上了你。我想要把你带到这儿来,将我全部的生活说给你听——现在我却什么都不想说了。"

"或许下次你能跟我聊聊你的生活。"戈林小姐说着,开始快速踱步。突然她停下脚步,转身面对他。"你认为我该怎么做?"她问他,"你觉得我是该回家还是待在这儿?"

阿诺德看了看表。"当然是待在这儿。"他说。

就在这时,阿诺德的父亲走了进来——穿着睡袍,手里端着一杯咖啡。他身形纤细,蓄着一小撮山羊胡,是个比阿诺德看上去更气派的人物。

"晚上好,阿诺德,"他父亲说,"你能将我介绍给这位年轻的女士吗?"

阿诺德给他们相互做了介绍。他父亲问戈林小姐为何不脱下披风。

"既然您这么晚还没睡,"他说,"又没有待在自己舒适、安逸的床上,最好还是放松一点。阿诺德——我儿子——从来想不到这种事。"他脱下戈林小姐的披风,并夸赞了她美丽的裙子。

"现在跟我说说您去过哪儿,都做过些什么。我自己不出门交际,有老婆孩子陪着就很知足了。"

阿诺德耸了耸肩,假装心不在焉地打量起房间来。但是稍微有点观察力的人都能看出他脸上写满了敌意。

"跟我聊聊派对吧,"阿诺德的父亲理了理脖子上戴的围巾,"您来说。"他指着戈林小姐。戈林小姐心情愉快了许多,比起阿诺德,她更喜欢他的父亲。

"我来说吧,"阿诺德说,"人很多,大多数是充满创造力的艺术家,有些成功且有钱,有些只是有钱,因为他们从家族中的某个人那里继承了财产,有些勉强糊口。但是,没人对赚钱本身感兴趣,对于他们所有人来说,不愁吃就心满意足了。"

"像野兽一样,"他父亲站了起来,说道,"像狼!人不想着赚钱的话,和狼有什么分别?"

戈林小姐笑了起来,笑到眼泪都流下来了。阿诺德从桌上拿了些杂志,快速翻阅着。

就在这时,阿诺德的母亲走进了房间,一手端着堆满蛋糕的盘子,一手端着一杯咖啡。

她相貌平平,很不起眼,体型和阿诺德几乎一样,裹着一件粉色便服。

"欢迎,"戈林小姐对阿诺德的母亲说,"我能来一块蛋糕吗?"

阿诺德的母亲是一个非常不擅交际的女人,她没有给戈林小姐蛋糕,反而把盘子往怀里揣了揣,问道:"你认识阿诺德很久了吗?"

"没有。我今天晚上才认识您的儿子,在一个派对上。"

"那,"阿诺德的母亲说着放下盘子,坐在沙发上,"我猜并不是很久啰,是吗?"

阿诺德的父亲烦透了他老婆,情绪全写在了脸上。

"我讨厌这件粉色的衣服。"他说。

"你为什么要当着客人的面说这个?"

"因为有客人在并不会让这衣服看上去有什么不同。"他朝戈林小姐使劲眨了眨眼,大笑起来。戈林小姐又被他的话逗笑了。而阿诺德比原先更加闷闷不乐。

"戈林小姐,"阿诺德说,"害怕独自回家。所以我跟她说她可以睡在多出来的房间里。虽然床不是很舒服,但至少她能有点私人空间。"

"为什么,"阿诺德的父亲问,"戈林小姐害怕独自回家呢?"

"为什么?"阿诺德说,"这么晚了,一位女士在街上瞎逛,或者在没人护送的情况下搭出租车,总归是不太安全的。尤其是路途还很遥远。当然如果她住得没那么远,我自然应该亲自送她的。"

"你听上去就像个孬种,瞧你说话那样儿,"他父亲说,"我以为你和你的朋友们根本不怕这档子事呢。我以为你们很狂野,对你们来说,强暴就跟放气球玩儿似的。"

"啊,别那么说话,"阿诺德的母亲说,看上去真的被吓坏了,"你为什么要这样对他们说话呢?"

"我希望你上床去,"阿诺德的父亲说,"事实上,我命令你上床去。你要着凉了。"

"他是不是很可怕?"阿诺德的母亲微笑着对戈林小姐说,"即便家里有客人,他都无法控制自己狮子般的脾气。他就像头狮子一样,整天在房子里嘶吼;而且他很烦阿诺德和他的朋友们。"

阿诺德的父亲气得跺着脚走出了房间,他们听到走廊那边传来摔门的声音。

"对不起,"阿诺德的母亲对戈林小姐说,"我没想过要破坏气氛。"

戈林小姐很不开心,她发现那老头挺有趣,而阿诺德本人却让她感到越来越压抑。

"我想我该带你去睡觉的地方了。"阿诺德说着,从沙发上起身,一堆杂志从他大腿上滑到地上。"好吧,"他说,"这边走。我太困了,整件事搞得我厌烦透顶。"

戈林小姐不情不愿地跟着阿诺德穿过走廊。

"哎呀,"她对阿诺德说,"我必须得说我还不困呢。

没有比这更糟的了,不是吗?"

"是的,糟透了,"阿诺德说,"我可以直接倒在地毯上睡到明天中午。我真是筋疲力尽了。"

戈林小姐觉得这话说得很不殷勤,开始有点害怕了。阿诺德去找空余房间的钥匙,戈林小姐被留在门前独自站了好一会儿。

"忍住!"她低声喊出来,因为她的心此刻跳得快极了。她不明白,她怎么能让自己离家和加默隆小姐那么远。阿诺德终于带着钥匙回来了,打开了房门。

房间很小,也比之前他们待的那间冷许多。戈林小姐还以为阿诺德会为此感到非常尴尬,但是他什么也没说——尽管他打起了寒战,还搓了搓手。窗户上没挂窗帘,但有一张已经被拉下来了的黄色卷帘。戈林小姐躺在了床上。

"那行,亲爱的,"阿诺德说,"晚安。我要去睡了。也许明天我们可以去看看画,或者你愿意的话,我们去你家。"他用手环住她的脖子,在她嘴唇上轻轻一吻,随后便离开了房间。

她生气极了,眼泪涌了上来。阿诺德在门外站了一会儿,几分钟后,走开了。

戈林小姐走到书桌旁,用手撑住额头。虽然冻得发抖,但她仍维持着这个姿势,待了很久。终于,有人轻轻叩门。她就像起先突然哭泣一般迅速收住了眼泪,赶紧去开门。

她看到阿诺德的父亲站在昏暗的走廊里。他穿着粉色条纹睡衣，朝她微微敬礼示意，之后便安静地站着，显然在等戈林小姐邀请他进屋。

"进来，进来，"她对他说，"很高兴见到您。天哪！我感觉自己被抛弃了。"

阿诺德的父亲进屋后在戈林小姐的床尾坐稳，晃荡着双腿。他相当夸张地点燃烟斗，环顾着房间的墙壁。

"这位小姐，"他对她说，"您也是一位艺术家吗？"

"不是，"戈林小姐说，"我年轻时憧憬着成为一位宗教领袖，现在却只是待在自己家里，努力不过于郁郁寡欢。有个朋友和我住一起，这让日子好过些。"

"您认为我儿子人怎么样？"他眨着眼问她。

"我跟他才认识不久。"戈林小姐说。

"您很快便会发现，"阿诺德的父亲说，"他这人挺差劲的，完全不懂得抗争，我觉得女人们不会特别喜欢这一点。实际上，我不认为阿诺德这辈子有过很多女人——请原谅我告诉你这一点。我自己却抗争不止，一辈子都在和邻居斗，而不是像阿诺德一样坐下来和他们喝茶。我的对手们也像老虎一般咬回来。阿诺德和这种事可沾不上边。我的人生目标一直是要比旁人略胜一筹，当我被某个我认识的人踩在脚下时，我也承认自己颜面扫地。我好多年没出过门了。没人来看望我，我也不去见任何人。而对于阿诺德和他的朋友们，什么事都未能真正开始或真正结束。在我看来,他们就像浑水里游着的鱼。如果生活中某件事让他们不开心,或者是某个地方没人待见他们,他们就跑去其他地方。他们就希望取悦别人或者被人捧着,这就是为什么可以轻易从背后袭击,在他们头上敲上一记——因为他们这辈子根本就不曾真正恨过。"

"真是奇怪的理论!"戈林小姐说。

"这不是什么理论,"阿诺德的父亲说,"是我自己的想法,从我自身经验中得出的。我极为讲究个人经验,难道您不是吗?"

"对,是的,"戈林小姐说,"而且我认为您说阿诺德说得很对。"这样贬低阿诺德让她莫名开心。

"再讲回阿诺德,"他父亲接着说,看上去越说越痛快,"阿诺德永远无法忍受别人发现他处于最底层。自家房子大小,旁人都清楚,那些情愿以此衡量幸福的人,真是如铁块一般冷冰冰。"

"反正阿诺德也算不上是个艺术家。"戈林小姐插嘴道。

"对,就是这么回事,"阿诺德的父亲越来越激动,"就是这么回事!他体力不行,也没气魄,韧性也不够,成不了一个优秀的艺术家。一个艺术家必须得有体力、胆量和毅力。阿诺德跟我老婆一个样。"他继续说道:"因为一些商业利益,我在她二十岁时娶了她。每次我跟她提这事，她都要哭一场。她也是个傻子，对我没有一丁点爱意，但是一想到这点，她就害怕，于是就哭。也总是妒火中烧，像条蟒蛇一样缠绕着自己的家和房子，虽然她在这儿过得并不开心。事实上，她的人生挺悲惨——我得承认。阿诺德觉得她丢人，而我整天对她吼来吼去的。不过，尽管她是个腼腆的女人，却可以变得十分凶悍。我想这是因为她——和我一样——忠于某个理想。"

这时传来一阵急促的敲门声。阿诺德的父亲一言不发，但戈林小姐用清晰的嗓音喊道："谁啊？"

"是我，阿诺德的母亲，"门外人回答，"请立即让我进去。"

"稍等，"戈林小姐说，"当然要让您进来。"

"不，"阿诺德的父亲说，"别开门。她没有权利命令任何人开门。"

"你最好把门打开，"他老婆说，"不然我就报警，我可没开玩笑。我之前可从来没有威胁说要叫警察，你清楚得很。"

"哪有，你有回就威胁说要叫警察。"阿诺德的父亲说，看上去很担心。

"照我现在的心情，"阿诺德的母亲说，"我巴不得打开门，让大家进屋来瞧瞧我有多丢脸。"

"她会这样做才怪。"阿诺德的父亲说。

"她生气时胡言乱语的，我让她进来吧。"戈林小姐说着朝门口走去。戈林小姐开了门——她那时并不感到十分害怕,因为阿诺德母亲的声音听着更像是伤心而非生气。但是当她打开门,却惊讶地发现,恰恰相反,阿诺德母亲的脸气得煞白,眼睛眯成了一条线。

"为什么你总是装作睡得很香的样子呢?"阿诺德的父亲说。他想不出别的话,虽然自己也清楚,他老婆肯定觉得这话刺耳。

"你就是个妓女。"他老婆对戈林小姐说。戈林小姐被这话吓坏了,而自己这么大的反应也让她很吃惊——她一直认为自己对这种事毫不在意。

"恐怕您完全想错了,"戈林小姐说,"而且我认为我们以后兴许能成为好朋友。"

"我谢谢你了,还是让我自个儿来挑朋友吧,"阿诺德的母亲回答道,"事实上,我已经有朋友了,也不想在名单上再加人了——况且无论如何不会是你。"

"这可说不定。"戈林小姐气势不足地顶了回去,并假装随意地倚在桌旁。阿诺德的母亲没想到,她把戈林小姐叫作妓女,倒给了她老公自我辩护的由头。

"岂有此理!"他说,"你竟敢把留宿在我们家的人叫作妓女!这严重违背了好客之道,我绝不允许。"

"别吓唬我,"阿诺德的母亲说,"她必须马上离开,不然我就把这事抖出去,到时你可别后悔。"

"您瞧,亲爱的,"阿诺德的父亲对戈林小姐说,"为您着想,或许您还是离开为好。天色渐亮了,您也不必感到害怕了。"

阿诺德的父亲紧张地四处看看,然后急匆匆地出了房间,沿着走廊走了,他老婆跟在后头。戈林小姐听到了摔门声,她猜他们私下里还得继续吵。

而她自己则一头冲到走廊上,跑出了房子。才走一会儿就叫到了一辆出租车,开出去不过几分钟,她便睡着了。

第二天,阳光明媚,加默隆小姐和戈林小姐坐在草地上争论着。戈林小姐四肢摊开躺在草地上,加默隆小姐则是看上去更为不满的那个。她皱着眉,扭过头去看身后的房子。而戈林小姐闭着眼,脸上挂着若隐若现的笑容。

"听着,"加默隆小姐回过头说,"你根本不知道自己在做什么。你手头拥有房产,这简直是反社会的罪行。房产应该被那些爱它的人抓在手中。"

"我认为,"戈林小姐说,"我比大多数人都更爱这房子。它让我觉得舒适、安全,这我已经跟你解释过好多遍了。但是,为了实践我自己关于救赎的想法,我真的认为我有必要住到更差劲的地方去——尤其不能住在我出生的地点。"

"在我看来,"加默隆小姐说,"你完全可以在一天中的某几个小时里实践你的救赎，而没必要打破一切。"

"不行，"戈林小姐说，"这不符合时代精神。"

加默隆小姐在椅子里扭了扭。

"时代精神，不管那是什么吧，"她说，"我敢肯定，没有你照样行得通——兴许还会更好呢。"

戈林小姐笑了，摇了摇头。

"其要义是，"戈林小姐说，"在他们将难以预知的变化强加于我们之前，我们得先依据自己内心的冲动，主动做出改变。"

"我没什么内心的冲动，"加默隆小姐说，"而且我认为，你觉得自己能与他人产生共鸣，这个想法本身就挺扯淡的。实际上，如果你离开这房子，我将对你不抱希望，只好把你当成个无可救药的疯子。反正我不是那种愿意跟疯子一起住的人——没人愿意。"

"当我对你不抱希望时，"戈林小姐坐起身，高昂着头，说道，"当我对你不抱希望时，我放弃的就不仅仅是我的房子了，露西。"

"你这是在说气话，"加默隆小姐说，"我就当左耳朵进右耳朵出了。"

戈林小姐耸了耸肩，进屋了。

她在客厅站了一会儿，理了理盆里的花；正要回房休息时，阿诺德出现了。

"你好，"阿诺德说，"我本来打算早点来看你的，但没来成。我和家人吃了顿漫长的午餐。这屋子让花儿都更添几分妩媚了。"

"你父亲可好?"戈林小姐问他。

"嗯,"阿诺德说,"他蛮好的,我猜。我们各忙各的。"戈林小姐发现他又冒汗了。显然到她家后,他激动得不得了,都忘了摘下草帽。

"这房子可真美,"他对她说,"有过去年代那种庄严的气派,真是太棒了。你肯定就愿意待在这儿,哪儿也不想去。对了,父亲似乎对你很感兴趣。别让他太自以为是。他认为女孩子们都为他着迷呢。"

"我很喜欢他。"戈林小姐说。

"好吧,我希望你很喜欢他这个事实,"阿诺德说,"不会影响到我们之间的友谊,因为我想要常与你见见面,当然前提是你同意我这么做。"

"当然,"戈林小姐说,"随时奉陪。"

"我觉得我应该会很喜欢待在你家。你不要有什么负担,我能一个人坐着想想事情就很开心了。因为你也清楚,我对自己现在的居住环境不够满意,急于找到另外的安身之所。可以想象,我连在家里和几个朋友聚个餐都办不到,因为只要我不出门,父亲和母亲是绝不会离开房子半步的。"

阿诺德在一扇大飘窗旁的椅子上坐下,摊开双腿。

"到这边来!"他对戈林小姐说,"看风在树顶吹起涟漪。世上没有比这更美的了。"他抬起头很严肃地盯着她看了一会儿。

"有牛奶、面包和橘子酱吗?"他问她,"我希望跟你可以不用客气。"

阿诺德竟然在午餐后不久又要吃的,这让戈林小姐感到很吃惊;她相信这无疑就是他这么胖的原因。

"当然有。"她温柔地回答,然后走开去吩咐用人。

这时加默隆小姐决定进屋来,可能的话想继续和戈林小姐理论一番。阿诺德见了她,便明白过来,这就是戈林小姐昨晚提到的那位同伴。

他立马起身,认定与加默隆小姐成为朋友对他来说很重要。

加默隆小姐见到他也很高兴,因为她们很少有客人;而且比起戈林小姐,她几乎更喜欢同任何其他人聊天。

两人做了自我介绍,阿诺德拉了把椅子到自己旁边给加默隆小姐坐。

"你在这儿陪着戈林小姐,"他对加默隆小姐说,"我觉得那挺好。"

"你觉得那挺好?"加默隆小姐问,"确实很有意思。"

听到这话,阿诺德开心地笑了,然后沉默了片刻。

"这房子精致典雅,品位不俗,"他终于开口道,"而且平和安宁。"

"这完全取决于你怎么看。"加默隆小姐急忙答道,抻了抻脖子，看向窗外。

"有些人啊，"她说，"把安宁拒之门外，仿佛那是一只鼻子喷火的巨龙；有些人还老爱插手上帝的事。"

阿诺德身子前倾，想要表现出洗耳恭听又充满兴趣的样子。

"我想，"他表情严肃地说，"我想我懂你的意思。"

然后他们同时望向窗外，远远看见肩上披着披风的戈林小姐正和一个年轻男人说话，后者逆光站着，他们看不清他的模样。

"是代理人，"加默隆小姐说，"我猜从现在起没啥指望了。"

"什么代理人？"阿诺德问。

"帮她卖房子的代理人，"加默隆小姐说，"是不是很让人无语？"

"哦，真遗憾，"阿诺德说，"我认为她这样做不够明智，但是毕竟不关我的事。"

"我们以后，"加默隆小姐补充道，"要住在一座有四间房的木屋里，自己烧饭吃。在乡下，四周都是林子。"

"听上去蛮凄凉的，不是吗？"阿诺德说，"但是戈林小姐为什么要做此决定呢？"

"她说这只是一项庞大计划的开端。"

阿诺德看上去很难过。他没有再和加默隆小姐说话，只是紧闭双唇，盯着天花板。

"我想世界上最重要的,"他最后终于说道,"莫过于友情和理解。"他用询问的目光看着加默隆小姐,仿佛是放弃了什么想法。

"是吧,加默隆小姐,"他再一次说,"难道你不认同我说的友情和理解是世界上最重要的东西吗?"

"没错,"加默隆小姐说,"还有保持头脑清醒。"

很快,戈林小姐进来了,胳膊下夹着一沓纸。

"这是合同,"她说,"天啊,太冗长了——不过我觉得代理人很好。他说房子很美。"她先把合同拿给阿诺德看,然后递给加默隆小姐。

"我想,"加默隆小姐说,"你应该不敢照镜子吧,唯恐见到什么过于狂热、过于怪异的东西。我不想看到这些合同。请马上把它们从我腿上拿走。我的老天爷啊!"

事实上,戈林小姐看上去的确有点狂热;而一向善于察言观色的加默隆小姐马上注意到,她拿合同的手在颤抖。

"戈林小姐,你的小屋在什么地方?"阿诺德试图缓和一下气氛,问道。

"在一座小岛上,"戈林小姐说,"坐渡轮的话离城市不远。我记得小时候曾去过岛上,一直不喜欢那儿,因为即使在穿过林子、走过田野时,也能闻到大陆上飘来的胶水厂的味道。小岛的一端住着许多人,不过在那边的店里只能买到劣质商品。往更远处走就更荒凉,也更落后;不过有一列小火车定期与渡轮碰头,然后带你去小岛另一边。你会到达一个十分破落、看上去生活相当艰苦的小镇子,而且我想可能让人有点害怕,因为对面的大陆和小岛一样脏乱,给不了人任何保护。"

"你似乎全方位仔细考量了之后的境况嘛,"加默隆小姐说,"向你致意!"她在座位上朝戈林小姐挥手,但谁都能看出来她毫无开玩笑的兴致。

阿诺德在椅子上紧张地动了动。他咳嗽了一声,然后温柔地对戈林小姐说道:

"我敢肯定,那小岛也有一些优点——这你是清楚的——但是你更想给我们一个惊喜,而不是让我们感到失望。"

"目前看来,没有优点,"戈林小姐说,"怎么,你要同我们一起去吗?"

"我想我愿意和你们在那边多待待——当然,如果你邀请我去的话。"

阿诺德感到难过而不安,但是他觉得自己必须不惜一切代价留在戈林小姐身边,无论她选择搬去哪里。

"如果你邀请我去,"他再次说道,"我将很高兴能与你们一起待一阵,之后再视情况而定。我可以继续支付我和父母共同承担的公寓的费用,而不必整天待在那儿。但我不建议你卖掉你漂亮的房子;不如在你离开时租出去或者封起来空着。可能哪天你回心转意了,又想回来呢。"

加默隆小姐开心得两颊泛起红晕。

"那样做就显得太正常了,她才不会考虑呢。"她说,但是看上去燃起了一丝希望。

戈林小姐仿佛梦游一般,根本没听他俩在说什么。

"喂,"加默隆小姐说,"你不回答他吗?他问为何不封起房子空着或者租出去,如果你哪天回心转意了,还能回来。"

"哦,不行,"戈林小姐说,"非常感谢,但是我不能这么做。这样就没意义了。"

阿诺德咳嗽起来,以掩饰自己的尴尬——竟然给出了这样一个明显会让戈林小姐不高兴的建议。

"千万不能,"他自忖道,"千万不能过于明显地站在加默隆小姐这一边,戈林小姐会以为我跟她有一样的脑筋呢。"

"或许,"他大声说,"还是卖掉所有东西为好。"

第二部

PART TWO

轮船驶入巴拿马的港口时，科波菲尔德先生和太太正站在船头的甲板上。科波菲尔德太太很高兴，终于又见着陆地了。

"你现在承认了吧，"她对科波菲尔德先生说，"大海比不上陆地。"她自己很怕被淹死。

"不仅仅是因为大海可怕，"她继续说，"还有无聊。总是那一套。当然啰，景色还是很美的。"

科波菲尔德先生在仔细观察着海岸线。

"如果你站住不动，去看码头上那些房子间的空隙，"他说，"就能瞥见装满香蕉的绿皮火车。好像每隔十五分钟就有一辆开过。"

他老婆没答话，而是戴上了一直抓在手中的探险家太阳帽。

"难道你不觉得已经有点热了吗？我热了。"她终于开口对他说。见对方没言语，她沿着栏杆走去，看着下面的水流。

这时，一个在船上认识的胖女人上前来找她聊天。科波菲尔德太太一下来了精神。

"你烫鬈了头发！"她说。那女人笑了笑。

"别忘了，"她对科波菲尔德太太说，"一到酒店，立马躺好休息。别被他们拽去走街串巷的——不管他们保证说有多好玩。反正街上除了猴子啥也没有。这城里但凡长得好看的，都和美国军队带点关系；而美国人又喜欢在自己的地盘上扎堆。那地儿叫克里斯托瓦尔，从科隆分出去的。[1] 科隆满是些杂种和猴子，克里斯托瓦尔则很棒。在克里斯托瓦尔，每户人家都有带纱窗的小小门厅。科隆那些猴子可想不到要去装纱窗呢。反正他们被蚊子咬了也不晓得；即便晓得，他们也不会抬手赶一赶。多吃水果，小心店铺。好多是印度人开的——你知道的，他们就跟犹太人一个德行。猛敲竹杠，然后溜之大吉。"

"我对买东西没兴趣，"科波菲尔德太太说，"不过到时候我能去拜访你吗？"

"我喜欢你，亲爱的，"那女人回答，"但是在这儿的每一分钟我都想和我老公待在一起。"

---

[1] 克里斯托瓦尔（Cristobal）和科隆（Colon）是位于巴拿马运河北端的两座城市，因克里斯托弗·哥伦布（其西班牙语名字为 Cristóbal Colón）而得名，于19世纪50年代由巴拿马铁路公司的美国工人建成。——除特殊说明外，本书脚注均为英文版注。

"好吧。"科波菲尔德太太说。

"当然好啦。你自己不也有一个帅气的老公嘛。"

"那有什么用。"科波菲尔德太太说,但是话一出口,连她自己都被吓了一跳。

"怎么?你们吵架了?"那女人说。

"没有。"

"那这样谈论你丈夫,你可真是过分了。"她说完便走开了。科波菲尔德太太垂头丧气地走了回去,站在了科波菲尔德先生旁边。

"你为什么要跟这种傻子说话?"他问。

她没有回答。

"好啦,"他说,"麻烦你现在欣赏欣赏风景,行吗?"

他们坐进了一辆出租车,科波菲尔德先生坚持要去市中心找一家酒店。一般情况下,稍微有点钱的游客都会住在科隆市几英里外俯瞰大海的华盛顿大酒店[1]。

"我可不想,"科波菲尔德先生对他太太说,"我可不想把钱花在最多只有一个礼拜时间属于我的奢侈玩意儿上。买点可能会陪伴我一生的东西会有意思得多。我们肯定能在市里找到一家舒适的酒店。然后我们就有钱干

---

[1] 华盛顿大酒店(Hotel Washington)是巴拿马一家著名的酒店,建于华盛顿大厦旧址,后者曾是巴拿马铁路公司的员工宿舍。1910年,华盛顿大厦对外开放;同年,经威廉·霍华德·塔夫脱总统批准,于原址新建一座酒店。酒店于1913年迎来首位客人——美国商人、慈善家文森特·阿斯特。

更刺激的事啦！"

"对于我来说，睡觉的房间非常重要。"科波菲尔德太太说——她几乎呻吟了起来。

"亲爱的，房间真的只是用来睡觉和换衣服的。只要安静，床够舒服，其他的都好说。你不这么觉得吗？"

"你很清楚我不这么觉得。"

"你这么痛苦的话，我们就去华盛顿大酒店好了。"科波菲尔德先生说。他突然风度尽失，脸上阴云密布，还噘起了嘴。"但我在那儿肯定会难受得要命——我可告诉你了——肯定会觉得无聊透顶。"他就像个孩子一样，科波菲尔德太太不得不反过来安抚他。在让她感到内疚自责这一点上，他很有一套。

"毕竟花的大多是我的钱，"她自忖，"这趟旅行的大部分开销还得由我来掏腰包。"然而，提醒自己这一点并没有让她感觉更强势。她完全顺从于科波菲尔德先生——实际上，她迁就几乎所有与自己打交道的人。不过，有些非常了解她的人认为，她可以突然擅自做出一个极其大胆的决定——即便得不到任何人的支持。

她看向车窗外，发现周围街道上熙熙攘攘的。人们——其中多数是黑人和从各国军舰上下来的穿军装的男人——跑进跑出，吵吵闹闹，科波菲尔德太太怀疑是不是碰上了什么节日。

"这就像个不断遭人洗劫的城市。"她丈夫说。

房屋都刷上了亮丽的颜色，楼上那层有宽敞的门厅，靠下面长长的木柱子支撑着，连起来就像走廊一般遮蔽着路上的行人。

"这种结构真精巧，"科波菲尔德先生感叹道，"要是头上什么也没有，走在这街上，真叫人受不了。"

"你会受不了的，先生，"出租车司机说，"如果头上什么也没有的话。"

"好吧，"科波菲尔德太太说，"让我们赶紧选一家酒店，进去待着吧。"

他们在红灯区的中心地带找到了一家，答应去看看五楼的房间。经理跟他们说，这几间肯定是最安静的。科波菲尔德太太害怕乘电梯，决定走楼梯，再等她老公带着行李上来。爬到五楼后，她惊讶地发现大厅里放了至少一百把直背餐椅，其他什么也没有。她环顾四周，火气腾腾，已经等不及科波菲尔德先生坐电梯上来，好数落他一通。"我一定要去住华盛顿大酒店。"她对自己说。

科波菲尔德先生终于到了，旁边跟着一个拎行李的男孩。她跑到她老公跟前。

"这是我见过的最可怕的地方。"她说。

"先等等，好吗？让我数一数行李，我要确保它们都在。"

"我认为这简直就像海底一般压抑——所有这一

切。"

"我的打字机呢?"科波菲尔德先生问。

"你听见我说话了吗!?"他老婆气得发抖。

"你介不介意没有独立卫浴?"科波菲尔德先生问。

"不,我不介意。这根本不是舒适与否的问题。我在乎的东西比这重要得多。"

科波菲尔德先生笑出了声。"真是搞不懂你。"他宠溺地对她说道。终于置身热带,他很开心;而且他还成功说服了他老婆不去住那贵得离谱的酒店,这让他对自己感到非常满意。在那儿他们只会成天和游客混在一起。他也清楚这间旅馆很不靠谱,但他就是喜欢有些邪乎的东西。

他们跟着拎行李的男孩走入一个房间,才到那儿,科波菲尔德太太就前前后后地推起那扇门来。从里外都打得开,只能用一个小钩子锁住。

"谁都能进来。"科波菲尔德太太说。

"我想是的,但我认为他们不太可能会进来,你觉得呢?"科波菲尔德先生从来没法让他老婆宽心,害得她怕这怕那的。不过,他也没固执己见,他们最终还是换了一间房——一间大门更结实的。

科波菲尔德太太感到很惊讶,科波菲尔德先生竟然不知疲倦,洗漱过后又出门买番木瓜了。

她躺在床上浮想联翩。

"如果，"她喃喃自语，"如果人们信仰上帝，他们就会带着祂从一个地方到另一个地方。他们会带着祂穿过丛林，越过北极圈。上帝俯瞰着众生，人人皆为弟兄。现今却没什么值得从一个地方带到另一个地方的，而且据我所知，这边的人就跟袋鼠似的。然而，我总觉得，这里必定有人会让我想到些什么……我必须设法在这个奇怪的地方找到一处栖身之所。"

科波菲尔德太太生活中唯一的目标就是过得开心，虽然那些常年留意她举止的人会惊讶于这就是她全部的心思。

她从床上起来，从旅行包里拽出戈林小姐送的礼物，一套修甲器。"回忆，"她轻声说，"有关我自孩童时代起就喜爱的事物的回忆。我先生是一个没有回忆的人。"一想到这个男人——她爱他胜过其他任何人——这个对每样未知事物都充满向往的男人，她便一阵心痛。于她而言，尚未成为昨日旧梦的东西都让她感到难以忍受。她回到床上，沉沉睡去。

醒来时，科波菲尔德先生正站在床脚，吃着番木瓜。

"你一定得试试这个，"他说，"富含能量，也相当美味。不来点吗？"他有些不好意思地看着她。

"你去哪了？"她问他。

"在街上瞎溜达呗。不瞒你说，我走了挺远。你真该出来看看，这里简直就是个疯人院。街上全是士兵、水手和妓女。那些女人都穿着长裙……质量低劣的便宜货。她们会同你说话的，快出来吧。"

他们手挽着手在街上闲逛。科波菲尔德太太的额头像火烧一般热，两手却发凉。她感到身体深处在不住地颤抖。当她望向前方，街道的尽头仿佛变弯了，然后又直了过来。她告诉科波菲尔德先生这一点，他解释说，这是因为他们才从船上下来。孩子们在他们头顶的木走廊上上蹿下跳，震得房子都摇晃起来。有人撞了一下科波菲尔德太太的肩膀，害得她差点摔倒；同时她还闻到了一股浓烈而甜腻的玫瑰香水的味道。撞到她的是一个穿着粉色丝绸晚礼服的黑人女子。

"实在是抱歉。真不好意思。"她对他们说。她漫不经心地环顾着四周，还哼起了小曲儿。

"我说了嘛，就是个疯人院。"科波菲尔德先生对他妻子说。

"哎，"那黑人女子说，"上后面那条街去，你们会更喜欢那儿的。我得去那边那个酒吧见我男人。"她指给他们看。"很漂亮的酒吧，大伙儿都去。"她说。然后她凑上前，单独对科波菲尔德太太说："跟我来吧，亲爱的，你将享受到从未有过的欢愉时光。我会是你喜欢的类型的。走吧。"

她抓起科波菲尔德太太的手,想要把她从科波菲尔德先生身边拽走。她比他俩体型都大。

"我觉得她现在还不想去酒吧,"科波菲尔德先生说,"我们想先在城里逛逛。"

那女人用手掌摸了摸科波菲尔德太太的脸。"是这样吗?亲爱的。还是说,你想跟我走?"一个警察停下脚步,站在他们几码开外。黑人女子放开科波菲尔德太太的手,笑着蹦蹦跳跳地跑过了马路。

"咄咄怪事,真是闻所未闻。"科波菲尔德太太屏着气说。

"管好你们自己就行了,"那警察说,"为什么不去那边逛逛呢?大家都在商铺街上溜达。给亲戚们买点东西吧。"

"不要,我不想去。"科波菲尔德太太说。

"那好吧。那去看个电影。"警察说着走开了。

科波菲尔德先生笑到岔气儿,用手帕捂住了嘴。"这种事正对我口味。"他终于憋住笑,说道。他们往前走了走,在一个路口转弯后继续。太阳快要落山了,空气又闷又热。这条街上方没有阳台,两边只有小小的平房。每扇门前都至少坐着一个女人。科波菲尔德太太走到其中一间房子窗外,往里瞧。一张双人床几乎占满了整个房间,上面放了张凹凸不平的床垫,还铺着带蕾丝边的床罩。淡紫色灯罩下装着的电灯泡在床上投下艳俗的光线，一把印着"巴拿马城"的折扇摊开放在枕头上。

这间屋子前面的女人很老了。她坐在小板凳上，手肘撑在膝盖上。科波菲尔德太太转过头打量她，觉得她很可能来自西印度群岛。她胸部平平，身材精瘦，手臂和肩背很结实。那张愤懑、忧虑的长脸和一截脖子上仔细地抹了浅色的粉底，但是前胸和手臂仍然很黑。她身上的淡紫色薄纱裙像戏服一般，这让科波菲尔德太太感到很有趣。她头上还有一缕迷人的银发。

这黑人女子转过头，发现科波菲尔德先生和太太都在看着她，于是站了起来，将平了裙子上的褶皱——她几乎就是个女巨人。

"两人都上的话一美元。"她说。

"一美元。"科波菲尔德太太重复道。起先科波菲尔德先生站在路边，听到这话走上前来。

"弗里达，"他说，"我们再去其他地方逛逛。"

"啊，"科波菲尔德太太说，"请稍等。"

"一美元，不能再低了。"那女人说。

"如果你想待在这儿，"科波菲尔德先生建议，"那我就再走走，一会儿回来接你。你最好带点钱在身上。这是一美元三十五美分，以防……"

"我想跟她聊聊。"科波菲尔德太太说，故意不看着他。

"那就，待会儿见了。我可不想耗在这儿。"他说着走了。

"自由自在真好,"他离开后,科波菲尔德太太对那女人说,"我们能到你的小房间里去吗?我刚才在窗边欣赏了一会儿……"

她话还没说完,那女人便双手把她推进了门,她们于是到了房间里。地上没铺地毯,墙壁也光秃秃的。唯一的装饰就是从街上能看到的那些。她们在床上坐下。

"我之前有台小唱片机放在那边的角落里,"那女人说,"有个从船上下来的人借我的。后来他朋友来拿回去了。"

"嘀嗒嗒嘀嗒嗒。"她哼唱了一段,鞋跟敲打着地面,然后抓起科波菲尔德太太的双手,把她从床上拉了起来。"过来吧,亲爱的,"她将科波菲尔德太太拥入怀中,"你真是太小巧啦,又那么可爱。你真的很可爱,可能也有些寂寞吧。"科波菲尔德太太将脸贴在那女人胸前。这件戏服般的薄纱裙的味道,让她想起自己在学校舞台剧中扮演的第一个角色。她抬起头朝那黑人女子笑了笑,尽可能显得温柔亲切些。

"下午你都做些什么?"她问那女人。

"打牌。看电影……"

科波菲尔德太太从女人身边退开,她的双颊红得发烫。两人都听着人们走过的声音,现在能听清窗外传来的每一个字。黑人女子皱着眉,看上去很担心。

"时间就是金钱,亲爱的,"她对科波菲尔德太太说,"可能你太年轻了,还意识不到这一点。"

科波菲尔德太太摇了摇头。她看着那女人,觉得很难过。"我渴了。"她说。突然,她们听到一个男人的说话声。

"没想到我这么快就回来了吧,美人儿?"几个姑娘大笑起来。那黑人女子眼中有了光彩。

"快给我一美元!快给我一美元!"她朝科波菲尔德太太兴奋地尖叫着,"你在这儿待也待了。"科波菲尔德太太赶紧给了她一美元,那女人就冲到了街上。科波菲尔德太太跟了出去。

屋前,好几个姑娘簇拥着一个壮实男人,他穿着皱巴巴的亚麻西装。当他瞧见科波菲尔德太太那穿淡紫色裙子的黑人女子后,就挣脱开其他人,双手环抱住她。那女人开心地翻起了眼睛,把他领进了屋,都没有向科波菲尔德太太点头道个别。很快,其他人也在街道上散开了,只剩科波菲尔德太太一个人。人们从她两旁经过,但是没人令她感兴趣。倒是其他人对她非常好奇——尤其是那些坐在门边的女人。不久,一个顶着一头乱蓬蓬鬈发的女孩过来搭讪。

"给我买点东西吧,妈咪。"女孩说。

见科波菲尔德太太没有回答,只是伤心地盯着自己看,女孩又说道:

"妈咪,你来挑。给我买片羽毛都行。没关系。"科波菲尔德太太哆嗦了一下,觉得自己肯定是在做梦。

"那是什么意思?一片羽毛?什么意思?"

女孩高兴地扭了起来。

"妈咪呀,"她扯着嗓子说,"妈咪呀,你太搞笑了!好好笑。我不知道羽毛是什么,不过只要是你真心实意想买的,都行。"

她们沿街走进一家店铺,出来时带着一小盒粉底。女孩说声再见,就和朋友们消失在了街角。又一次,科波菲尔德太太落单了。载满游客的出租车从身边经过。"游客,一般说来,"科波菲尔德太太曾在日记中写道,"认为自己的生活方式无比重要且不可更改,这些人在游历最为奇妙的地域时,除了过眼云烟般的风景外,什么也看不到。还有些顽固分子常常发现一个地方与另一个地方并无二致。"

很快,科波菲尔德先生回来找她了。"你玩得开心吗?"他问她。

她摇了摇头,抬头看着他。突然,她觉得好累,哭了起来。

"爱哭鬼。"科波菲尔德先生说。

有人走到他们身后,一个低沉的声音问道:"她迷路了?"两人回过头,瞧见一个一脸聪明相、五官分明的鬈发姑娘站在他们正后方。"换作是我,就不会把她一个人丢在街上。"她说。

"她没有迷路，只是有些难过。"科波菲尔德先生解释道。

"如果我让你们和我一起去一家挺不错的馆子吃饭，会不会有些过分？"姑娘问。她长得真的挺好看。

"走吧，"科波菲尔德太太激动地说，"当然可以。"她现在很兴奋，感觉这姑娘没打什么算盘。像多数人一样，她认为坏事绝不会接踵而至。

那馆子可算不上"不错"——昏暗、狭长，空无一人。

"不如去其他地方吃？"科波菲尔德太太问那姑娘。

"不，不行！我不会去其他地方的。我实话实说吧，不过你别生气。每次我带人来就能拿点回扣。"

"那这样，我给你钱，我们去其他地方。他给多少，我给多少。"科波菲尔德太太说。

"这太奇怪了，"那姑娘说，"非常奇怪。"

"听说城里有个地方能吃到上好的龙虾。去那儿怎么样？"科波菲尔德太太几乎是在求那姑娘了。

"不行——这太奇怪了。"她叫来服务员，那人胳膊下夹着报纸，刚到店里。

"阿达尔韦托，来点肉和酒。先上肉。"她用西班牙语说。

"你英语说得真好！"科波菲尔德先生说。

"我喜欢跟美国人待在一起——有机会的话。"姑娘说。

"你觉得他们很大方?"科波菲尔德先生问。

"嗯,没错,"那姑娘说,"他们的确很大方。他们手头有钱时大方,他们拖家带口时更大方。之前我认识一个男的,是个美国人——真正的美国人,住在华盛顿大酒店。那可是世界上最美的酒店。他老婆每天下午都要睡午觉。他就慌慌张张地搭车来科隆,超级兴奋,但又害怕没法准时赶回老婆身边,所以从来不带我去开房,而是带我去店里,对我说:'快,快,挑点东西,什么都行,但是要快。'"

"太可怕了!"科波菲尔德太太说。

"是很可怕,"这西班牙姑娘说,"这让我抓狂。有次我真的要被逼疯了,就对他说:'好吧,我买这支烟斗送我叔叔吧。'我不喜欢我叔叔,却还得把这个给他。"

科波菲尔德先生放声大笑。

"很可笑,不是吗?"姑娘说,"我跟你讲,如果他又回来找我,而且带我去店里的话,这回我说什么都不会再给我叔叔买烟斗了。她长得不赖。"

"谁?"科波菲尔德先生说。

"你老婆。"

"我今晚看上去很糟。"科波菲尔德太太说。

"不过那没啥要紧的,你都结婚了。没什么好担心的。"

"你跟她这么说，她要气死的。"科波菲尔德先生说。

"这有什么好生气的？无忧无虑，这是世界上最美的事了。"

"美不美的，跟这无关，"科波菲尔德太太插话说，"无忧无虑跟美有什么关系？"

"跟美关系大了！当你清晨醒来，睁眼的那一刻，你不知道自己是谁，过着怎样的生活——这就很美。当你清楚你是谁，今夕是何夕，但仍然认为自己像只快乐的小鸟一般翱翔于空中——这就很美。也就是说，总是在你没有任何忧虑的时候。你该不会告诉我你喜欢担心这担心那吧。"

科波菲尔德先生客气地笑了笑。晚饭后他突然觉得很累，提议回酒店去；但是科波菲尔德太太过于紧张，她问那西班牙姑娘能否再陪自己一会儿。姑娘说，如果科波菲尔德太太不介意同她回她住的酒店的话，就没问题。

两人同科波菲尔德先生道过别，就上路了。

拉斯帕拉马斯酒店的墙板是木头，且刷成了亮丽的绿色。走廊里到处堆着鸟笼，天花板上也挂了很多，有些是空着的。那姑娘的房间在二楼，四面的木头墙壁和走廊一样鲜艳。

"那些鸟整天唱歌，"姑娘示意科波菲尔德太太挨着她在床上坐下,"有时我对自己说:'小傻子们,你们在笼子里唱个什么劲儿啊?'然后我又想:'帕西菲卡,你和那些鸟也差不多,都是傻子。你也待在一只笼子里,因为你没有半毛钱。昨晚你陪一个德国男人笑了三个小时,就因为他给你买酒喝——而且你还觉得他很蠢。'我在我的笼子里笑,它们在它们的笼子里唱。"

"呃,"科波菲尔德太太说,"我们和鸟可没法心意相通。"

"你觉得不是这样吗?"帕西菲卡激动地说,"我告诉你,就是这样。"

她撩起裙子,从头上脱去,穿着衬裙站在科波菲尔德太太面前。

"告诉我,"她说,"你觉得印度人店里卖的那些漂亮的绸缎和服怎么样?如果我和一个这么有钱的老公在一起,就会跟他说给我买一件那种和服。你不清楚自己有多走运。我会每天都跟他去店里,让他给我买各种漂亮玩意儿;而不是无所事事地站着,哭得像个小宝宝。男人不愿意看到女人哭。你以为他们愿意看到女人哭吗?"

科波菲尔德太太耸了耸肩。"怎么可能。"她说。

"这就对了。他们愿意看女人笑。女人得一晚上都笑嘻嘻的。下次你盯着某个漂亮姑娘看试试。她笑起来的样子,仿佛老了十岁。那是因为她笑得太多了。你笑起来也像老了十岁。"

"确实。"科波菲尔德太太说。

"别难过，"帕西菲卡说，"我很喜欢女人。有时我喜欢女人胜过男人。我喜欢我外婆、我妈妈，还有我的姐妹们。我和我家里的女人们待在一起总是很开心。我从来都是最厉害的那个。我是最聪明的，也是干活最多的。我倒希望能舒舒服服毫无怨言地回到家里。但是，我想要的东西还太多了。我懒，又是个暴脾气。我很喜欢遇见的这些男人。有时他们会跟我说自己下船后打算做什么。我总是希望那快点到来。那些该死的船。当他们跟我说，他们这辈子只想坐着船环游世界时，我告诉他们：'你根本不知道自己错过了什么。我们之间结束了，小子。'他们那个样子，叫我很不喜欢。但是现在我爱上了一个在这儿做生意的男人，他人很好。大多数时候他会给我付房租。但并不是每周如此。和我在一起，他很开心。和我在一起，多数男人都很开心。这也没啥了不起的，全拜上帝所赐。"帕西菲卡在胸口画着十字。

"我爱过一个年长的女人，"科波菲尔德太太急着说，"她容颜不再，但是余韵犹存，在我看来，她比我见过的任何正当盛年的美人都更让人魂牵梦绕。但是谁又没爱过年长一些的人呢？上帝啊！"

"你的喜好颇为独特，不是吗？我倒想试试爱上某个年长女人的滋味。我觉得那挺好，但我却总是爱上男人。我想我蛮走运的。有些姑娘，她们再也不可能坠入爱河了。

想的都是钱、钱、钱！你不会老想着钱，对吧？"她问科波菲尔德太太。

"是的，我不会。"

"现在咱们休息一会儿，好吗？"那姑娘在床上躺下，示意科波菲尔德太太躺在她旁边。她打了个哈欠，握住科波菲尔德太太的手，立马睡着了。科波菲尔德太太觉得自己最好也睡一会儿。那一刻，她觉得很平静。

她们被一阵猛烈的敲门声吵醒了。科波菲尔德太太睁开眼，一瞬间，差点吓到窒息。她看向帕西菲卡，她朋友的脸色并不比她好看多少。

"Callate!"她改用西班牙语对科波菲尔德太太轻声说道。

"什么意思？什么意思？"科波菲尔德太太尖着嗓子回答，"我听不懂西班牙语啊。"

"别说话。"帕西菲卡用英语又说了一遍。

"我不能就这么一声不吭地躺着。我做不到。是谁？"

"一个醉鬼。爱上我了。我清楚他的底细。跟我睡觉时伤我伤得可重了。看来他的船又靠岸了。"

敲门声丝毫没有停止的意思。她们听到一个男人的声音。

"我知道你在里面，帕西菲卡，你他妈给我开门。"

"开开吧，帕西菲卡！"科波菲尔德太太从床上一跃而起，哀求道，"这样僵着最吓人了。"

"别紧张。说不定他醉得不行,到时自己就走了。"

科波菲尔德太太目光呆滞,变得有些歇斯底里了。

"不行,不行——我总是告诉自己,有人想要破门而入时我就得去开门。那样能减少一点他的敌意。他在门外待得越久,就越愤怒。我开门后要立马对他说'我们是你的朋友',很可能他就没那么生气了。"

"如果你把我搞得比现在还紧张的话,我可就真不知道该怎么办了,"帕西菲卡说,"我们就在这儿等着,看他会不会走。也许可以用桌子抵住门。你能帮我把桌子移到门后吗?"

"我什么也移不动!"科波菲尔德太太全身发软,沿着墙根瘫坐在了地上。

"他妈的非得让我砸门吗?"那男人说道。

科波菲尔德太太站了起来,摇摇晃晃地走过去,开了门。

进来的男人脸庞瘦削,五官尖细,且非常高大。显然,他醉得不轻。

"你好,迈耶,"帕西菲卡说,"你就不能让我睡会儿?"她犹豫了一下,见他没回答便又说道:"我刚刚打算睡觉来着。"

"我睡得正香呢。"科波菲尔德太太说。她的嗓音比平常高,脸上神采奕奕。"真对不住,我们一开始没听见你敲门。肯定让你久等了。"

"还从来没人让我这么等过。"迈耶涨红了脸,说道。帕西菲卡眯起了眼睛。她快要爆发了。

"从我房里滚出去。"她对迈耶说。

迈耶扑通一声斜躺到床上,以示回应。身体的力道之大,床板都差点给压折了。

"我们赶紧走吧。"科波菲尔德太太对帕西菲卡说。她再也没法保持镇定了。有那么一瞬间,她还幻想对方会突然泪流满面,如同梦里出现过的情形那般;但是现在她确信这不可能了。帕西菲卡越来越气愤。

"听着,迈耶,"她说,"你赶紧滚回街上。你要是不走的话,我除了打断你的鼻子外,什么也不会跟你干的。如果你不是这么个暴脾气,我们还能在楼下坐坐,喝杯朗姆酒。我有成百上千的男朋友,都只想着和我说说话,陪我喝酒,直到不省人事。你却总是要来烦我。你就像个原始人。我想静一静。"

"谁他妈关心你的房子啊!"迈耶对她吼道,"我能把你的房子排成一排,然后像打鸭子一样射死它们。任何时候,船都比房子好!任何时候!不管日晒雨淋,直到世界末日!"

"除了你,没人在讲房子,"帕西菲卡气得跺脚,"我再也不想听你胡言乱语了。"

"那你们为什么要锁上门,像公爵夫人一样住在这房子里,一起喝着茶,祈祷着我们再也不要上岸。你们怕我弄坏家具，洒点什么在地上。我妈以前有个房子，但我总是睡在她房子隔壁的房子里。我对房子就是这么不屑一顾。"

"你误会了。"科波菲尔德太太声音颤抖地说。她很想轻声提醒他，这不是一座房子，只是酒店里的一个房间。然而，她不敢说这话，也觉得难为情。

"老天啊，真是受不了！"帕西菲卡对科波菲尔德太太说，甚至都没想过要压低声音。

迈耶似乎没听到这话，反而面带微笑地侧身越过床沿，朝帕西菲卡伸出一只手。他够着了她衬裙的褶边，把她拽向自己。

"想都别想，除非我死了！"帕西菲卡朝他尖声大叫，但他的手已经挽住了她的腰。他跪在床上，把她往自己这边拽。

"管家小姐，"他大笑着说，"我敢打赌，把你带去海上，你肯定得吐。你会把船搞得一团糟。现在乖乖躺在这里，别出声。"

帕西菲卡绝望地看了科波菲尔德太太一会儿。"那好吧，"她说，"先给钱，因为我不相信你。为了房租我才跟你睡的。"

他朝她嘴上狠狠揍了一拳，帕西菲卡的嘴唇破了，血沿着下巴流了下来。

科波菲尔德太太冲出了房间。"我去喊人，帕西菲卡。"她扭过头喊道。她穿过走廊，跑下楼梯，希望能碰上什么人，告知对方帕西菲卡的处境；但是她很清楚，自己不敢接近任何男性。在一楼，她瞥见一个中年妇女开着房门在屋里织东西。科波菲尔德太太冲进门去。

"您认识帕西菲卡吗？"她上气不接下气。

"我当然认识帕西菲卡。"那女人说。她听上去就像个在美国人中混迹多年的英国女人。"我认识每个在这儿住上超过两晚的人。我是这酒店的老板。"

"那好，赶紧过去。迈耶先生在那儿发酒疯。"

"迈耶先生喝醉了时，我可不去惹他。"那女人沉默了一会儿，去管管迈耶的想法仿佛触到了她的笑点，她咯咯笑起来。"想想吧，"她说，"'迈耶先生，您行行好离开这儿好吗？帕西菲卡已经对您没兴趣了。哈哈哈——帕西菲卡已经对您没兴趣了。'坐吧，夫人，别着急。那边牛油果旁的雕花玻璃酒瓶里有些杜松子酒。来点吗？"

"我没见惯别人动粗。"科波菲尔德太太说。她给自己倒了点杜松子酒，又说了一遍她不习惯别人动粗。"我估计永远也忘不了这个可怕的夜晚了。那男的太固执了。像个疯子一样。"

"迈耶不疯，"酒店女老板说，"有些人可差劲得多。他跟我说过他很喜欢帕西菲卡。我一直待他不错，他也从不给我惹麻烦。"

她们听到楼上传来尖叫声。科波菲尔德太太认出那是帕西菲卡的声音。

"啊,求求您了,叫警察吧。"科波菲尔德太太哀求道。

"你疯了吗?"那女人说,"帕西菲卡可不想跟警察有什么瓜葛。她宁可被剁掉双腿。我向你保证。"

"那好,那我们上去吧,"科波菲尔德太太说,"叫我干什么都行。"

"坐着别动,呃——你叫什么名字?我是奎尔太太。"

"我是科波菲尔德太太。"

"好的,科波菲尔德太太。听着,帕西菲卡自己能应付,比我们去管她强。遇上什么事,越少人掺和,结果对大家越好。这是我在这酒店里立的一条规矩。"

"好吧,"科波菲尔德太太说,"但是她也可能被杀掉。"

"杀人可没那么简单。人们经常打打骂骂的,却不怎么杀人。这里出过几起命案,但并不是很多。我发现大多数情况下最后都会平安无事。当然有时候结局很惨。"

"我希望自己能像您一样把一切看得如此云淡风轻。我无法理解您怎么能就这么坐着,什么也不做,我也无法理解经历了这些破事的帕西菲卡怎么还没被逼疯。"

"她经常跟这些男人打交道,我觉得她并非真的感到害怕。她比我们俩都强得多,不过是厌倦了。她希望能有自己的房间，干点自己喜欢的事。我觉得有时候女人并不清楚自己想要什么。你觉得她是不是有点喜欢迈耶？"

"怎么可能！我不懂您的意思。"

"你看，她不是说爱上了那个男孩吗？我觉得她根本不爱他。那样的她换了一个又一个。都是些人畜无害的呆子。他们拜倒在她的石榴裙下。我认为迈耶走后，她变得妒火中烧、紧张兮兮的，只好骗自己说她更喜欢那些好好先生。等迈耶回来时，她便真的以为他是来惹事，好让自己抓狂。好吧，也许我是对的，也许我想错了，但我觉得有那么一点意思。"

"我觉得不可能。那样的话，她跟他上床前就不会允许他打她。"

"当然会啰，"奎尔太太说，"但我对这些事一无所知。不过帕西菲卡是个好姑娘，而且出身于一个好家庭。"

科波菲尔德太太喝了点杜松子酒，感觉不错。

"很快她就会下来，跟我们聊聊，"奎尔太太说，"这儿温暖惬意，他们都过得很快活。他们谈天，他们喝酒，他们求欢；他们去野餐；他们去看电影；他们跳舞，有时一跳就是一整夜……除非我想一个人待着，不然永远不会觉得孤单……只要我愿意，就可以跟他们一起去跳舞。无论什么时候我想去跳舞，有个小伙子就会带我去；总能算上我一个。我喜欢这儿。什么都不能让我回老家去。

有时天气很热,但大多数时候只是暖和,没人着急忙慌的。我对男女之事不感兴趣,睡得像个婴儿。从来不做梦,除非吃坏了东西,搅得胃不舒服。满足口腹之欲总得付出点代价。纽堡龙虾总让我欲罢不能。我吃那玩意儿时清清楚楚地知道自己在做什么。我估计每个月都会和刚才提到的小伙子去一次比尔·格雷餐厅。"

"接着说。"科波菲尔德太太听着起劲,说道。

"嗯,我们就点纽堡龙虾。我跟你说,那是世界上最美味的东西。"

"您喜欢吃田鸡腿吗?"科波菲尔德太太说。

"我只喜欢纽堡龙虾。"

"您听上去太快活了,我感觉这就是我要待的地儿,这家酒店。您觉得如何?"

"你的生活你做主。这是我的座右铭。你想待多久?"

"啊,我不知道呢,"科波菲尔德太太说,"您觉得我在这儿会过得开心吗?"

"嘀,会开心得不得了,"女老板说,"跳舞、喝酒……有这世上一切好玩的东西。你并不需要花很多钱。那些男人下船时口袋装得满满的。我跟你讲,这地方就是上帝自个儿住的——也可能住这儿的是魔鬼。"她放声大笑。

"开心得不得了。"她又重复道。她颇为费劲地从椅子里起身,走到立在房间角落里的一个盒子般的唱片机旁。上好发条后,她放了一首牛仔歌曲。

"只要你那颗小心脏愿意,"她对科波菲尔德太太说,"随时可以听这个。那儿有唱针和唱片,你只需要给它上好发条。我不在时,你可以坐在这摇椅上听。我有很知名的歌手的唱片,像美国的苏菲·塔克和艾尔·乔森[1]啦,我认为音乐就是耳朵享用的美酒。"

"我觉得在这房间里看书也会很愉悦——一边听着唱片一边看。"科波菲尔德太太说。

"看书——你可以尽情地看。"

她们坐了好一会儿,听着唱片,喝着杜松子酒。过了差不多一个小时,奎尔太太看到帕西菲卡从走廊中走来。"看吧,"她对科波菲尔德太太说,"你朋友来了。"

帕西菲卡穿了一条丝质短裙,趿拉着一双家居拖鞋。她仔细化过妆,还喷了香水。

"快看迈耶给我带了什么。"她朝她们走来,一边说一边给她们看一只带镭夜光表盘的很大的腕表。她看上去心情相当不错。

"你们俩一直在这儿聊天呀,"她带着友善的微笑对她们说,"现在我们仨去街上走一走,喝点啤酒,或者其他什么东西,如何?"

---

[1] 苏菲·塔克(Sophie Tucker,1887—1966),20世纪上半叶最受欢迎的美国歌手、喜剧演员之一。艾尔·乔森(Al Jolson,1886—1950),美国歌手、喜剧演员。——编者注。

"好极了。"科波菲尔德太太说。她有点担心科波菲尔德先生了。他不喜欢她这样消失很久,这让他觉得不自在,很影响他的睡眠。她打算顺道回房间看看,让他知道自己还在外头——但是一想到要走近那家酒店,她就发起抖来。

"快点,姑娘们。"帕西菲卡说。

她们回到帕西菲卡带科波菲尔德先生和太太去吃饭的那家安静的小馆子里。对面是一家很大的酒吧,里面灯火通明。有支十人乐队正在演奏,酒吧里挤得水泄不通,有人直接在街上跳起舞来。

奎尔太太说:"嗬,帕西菲卡!那就是你今天晚上能尽情纵乐的地方。快看他们多快活啊。"

"不,奎尔太太,"帕西菲卡说,"我们待这儿就挺好。灯光没那么晃眼,也更安静,然后我们就回去睡觉。"

"好吧。"奎尔太太的脸僵住了。科波菲尔德太太觉得,她在奎尔太太眼中瞥见了一抹极其痛苦的挫败神色。

"我明天晚上再去那边。"奎尔太太轻声说道。"没什么要紧的。那儿每晚都有人跳舞。因为船只源源不断地开来。那些姑娘也不知疲倦,"她对科波菲尔德太太说,"那是因为她们白天想睡多久就睡多久。她们晚上睡,白天也能睡。她们才不累呢。怎么会累呢?跳舞又不累。随着音乐摆动就好。"

"别犯傻了,"帕西菲卡说,"她们累得很。"

"呃,到底累还是不累?"科波菲尔德太太问。

"唉,"奎尔太太说,"帕西菲卡总是把生活往坏处想。她是我见过的最悲观的人。"

"我没有把生活往坏处想,实事求是罢了。有时你真的有点犯傻,奎尔太太。"

"别那样跟我说话,你清楚我多么爱你。"奎尔太太颤抖着嘴唇说。

"对不起,奎尔太太。"帕西菲卡表情严肃地说。

"帕西菲卡身上有些非常讨人喜欢的东西,"科波菲尔德太太自忖,"我觉得她会认真对待每一个人。"

她握起帕西菲卡的手。

"我们马上就能好好喝一杯了,"她嘴角扬起笑容,对帕西菲卡说,"难道你不开心吗?"

"开心,有酒喝挺好。"帕西菲卡礼貌地回答。倒是奎尔太太被勾起了兴致,她搓着手说:"算我一个。"

科波菲尔德太太望向街道,见迈耶走了过去。他和两个金发美女、几个水手一起。

"快看,是迈耶。"她说。另外两个女人也看向街对面,她们一起看着,直到他消失不见。

科波菲尔德先生和太太去巴拿马城待了两天。第一天午饭过后,科波菲尔德先生提议往城郊走走——他每到一个新地方,要做的第一件事就是这个。科波菲尔德太太不想知道她周遭环境如何，因为最终所见总是比她害怕的更为怪异。

他们走了很长时间。街道渐渐变得相似：一边是缓缓上坡的路，另一边却极为陡峭，直接通向海边的泥滩。在炽热的阳光下，那些石头房子黯然乏味。所有的窗户都装上了笨重的铁栅栏，到处都了无生机。他们碰见三个光屁股的小男孩，抢夺着一只足球，冲下坡往水边跑去。一个穿黑色丝绸的女人慢慢朝他们走来。两人经过她旁边时，她转过身，毫不害臊地盯住他们看。他们频频回头，总能看见她站在那儿，看着他们。

退潮了。他们沿着满是淤泥的海滩走。身后是一家用巨大的石头砌成的酒店，酒店盖在一截矮矮的悬崖前，此刻已经在阴影中了。淤泥被冲刷得很平坦，海水还沐浴在阳光中。他们就这么一直走着，直到科波菲尔德先生发现一块又大又平的石头，好让他们坐在上面。

"这儿真美啊。"他说。

一只螃蟹从他们脚边的淤泥上横着爬了过去。

"啊，快看！"科波菲尔德先生说，"你难道不喜欢它们吗？"

"是的，我喜欢它们。"她回答说，但是当她环顾四周的景致，便无法压制住心中升腾而起的恐惧感。有人在酒店墙壁上分别用西班牙语和英语刷上了绿色的"啤酒"二字。

科波菲尔德先生卷起了裤腿，问她是否愿意光脚和他去水边。

"我想我走得够远了。"她说。

"你累了吗？"他问她。

"不，不是。我不累。"她回答他时脸上流露出痛苦的表情，他问她怎么回事。

"我不开心。"她说。

"又不开心？"科波菲尔德先生说，"现在有什么可不开心的？"

"我不知道自己在哪儿，这儿太偏了，我很害怕。"

"这儿有什么可怕的？"

"我不知道。这儿对我来说太陌生了，跟任何东西都不沾边。"

"这儿跟巴拿马沾边呀，"科波菲尔德先生挖苦说，"你难道就想不通吗？"他顿了顿。"我觉得我不会再试图让你想通任何事了……我这就到水边去。兴致都被你败光了。你真是让人没辙。"他噘起了嘴。

"是的，我知道。我想去水边，但可能还是太累了。"她看着他小心翼翼地穿行于石子间，张开双臂像走钢丝的人那样保持平衡，心里多么希望自己能同他一起，因为她太喜欢他了。她的情绪渐渐好了起来。一阵大风吹过，几艘漂亮的帆船在海岸不远处飞驰而过。她将头往后仰，闭上双眼，希望自己的心情能够好到让她跑去找她丈夫。

但是风吹得不够猛,而她闭着的眼帘中映照出帕西菲卡和奎尔太太站在拉斯帕拉马斯酒店前的身影。她从载自己去车站的老式马车上向她们告别。科波菲尔德先生想要步行过去,她因此得以与自己的两个朋友独处。帕西菲卡穿着科波菲尔德太太买给她的绸缎和服,脚上是缀着小绒球的家居拖鞋。她在酒店墙边站着,眯着眼抱怨自己只穿着一件和服就上街来;但是科波菲尔德太太时间很紧,只能迅速地同她们道个别,没法下车来。

"帕西菲卡,奎尔太太,"她从马车上探出身子,对她们说,"你们不知道我有多害怕离开你们,哪怕就两天。真不知道我要怎么才能挨过去。"

"听着,科波菲尔德,"奎尔太太回话说,"你好好享受在巴拿马的时光。一秒都别想我们。听到了没?唉,如果我也这么年轻,能跟我老公去巴拿马城,我脸上肯定不是你现在这副表情。"

"和你老公去巴拿马城跟她没啥关系,"帕西菲卡直截了当地说,"那并不意味着她就会开心。萝卜青菜各有所爱。也许科波菲尔德更想去钓鱼或者买裙子呢。"科波菲尔德太太感激地对帕西菲卡笑了笑。

"反正,"奎尔太太底气不足地反驳道,"我敢肯定,帕西菲卡,如果你跟你老公去巴拿马城的话,会很开心的。……那里可美了。"

"哎呀,她可是去过巴黎的人。"帕西菲卡回答说。

"答应我,等我回来时你们还会在这儿,"科波菲尔德太太恳求道,"我好怕你们突然消失。"

"别自个儿胡思乱想了,亲爱的;生活已经很艰难了。我们还能去哪儿呢?"帕西菲卡说着打起了哈欠,转身往屋里走。她在门口给了科波菲尔德太太一个飞吻,挥了挥手。

"真有意思啊,和她们在一起,"她出声说道,睁开了眼睛,"这真是莫大的安慰。"

科波菲尔德先生正朝她坐着的平坦岩石走回来,手上拿着一块质地和形态都很奇特的石头,边走边笑着。

"看,"他说,"这石头好玩不?挺好看的。我想着你会想要看看,所以带来给你。"科波菲尔德太太端详着石头,说道:"嗯,很漂亮,也很奇怪。谢谢你了。"她盯着躺在掌心中的石头看。这档儿,科波菲尔德先生捏了捏她的肩膀,说:"快看那划开水面的大蒸汽船。看到了吗?"他稍微转了转她的脖子,好让她的眼睛朝正确的方向看。

"是的,看到了。那也很有意思……我想我们还是往回赶吧。天很快就要黑了。"

他们离开海滩,又开始在街道中穿行。天色渐晚,四周人却变多了。科波菲尔德先生和太太走过去时,他们毫不遮掩地指指点点。

"真是再好不过的一天,"科波菲尔德先生说,"肯定也有什么让你开心的事吧,毕竟我们见到了那些美妙的东西。"科波菲尔德太太抓着他的手越握越紧。

"我不像你,跟踩着风火轮似的,"她对他说,"你得原谅我。我没法到处晃荡。三十三岁了,我有自己的习惯。"

"真遗憾,"他回答说,"当然,我也有自己的习惯——吃饭的习惯,睡觉的习惯,工作的习惯——不过我想你并非这意思吧,不是吗?"

"我们不要聊这个了。是的,我不是这意思。"

第二天,科波菲尔德先生说他们要外出去看看丛林。科波菲尔德太太说他们没有合适的装备。他解释道,他的意思并非是去丛林中探险,不过是去还有路的边缘地带走走。

"别被'丛林'这个词吓到,"他说,"它不过是指热带雨林罢了。"

"我不想走进丛林的话,不进便是,无所谓了。我们今天晚上回科隆,是吗?"

"呃,也许到时我们太累了,还得在这儿再住一晚。"

"但是我跟帕西菲卡和奎尔太太说过,我们今天晚上会回去。我们不回的话她们会很失望的。"

"你该不会真的在替她们着想吧?……弗里达啊弗里达!不管怎么样吧,我想她们不会介意的。她们会理解的。"

"不,不,她们不会,"科波菲尔德太太回答说,"她们会失望的。我跟她们说我们会在午夜前赶到,然后我们就出去庆祝。我很肯定,奎尔太太会很失望的。她超爱出去玩乐。"

"到底谁是奎尔太太啊?"

"奎尔太太……奎尔太太和帕西菲卡啊。"

"是的,我知道,但是这太搞笑了。我以为你跟她们待一个晚上就会受不了呢。应该很快就能认清她们是些什么人啊。"

"噢,我知道她们是些什么人,不过跟她们待在一起实在是太开心了。"科波菲尔德先生没有说话。

他们出门,穿过几条街巷,来到停着几辆公交车的地方。问好汽车时刻表后,他们上了一辆叫作"秀兰·邓波儿"的车,车门内侧画着米老鼠,司机在头顶的挡风玻璃上贴了些圣徒和圣母的明信片。他们上车时,他正喝着可口可乐。

"¿En que barco vinieron?"司机用西班牙语问。

"Venimos de Colon."科波菲尔德先生也用西班牙语回答。

"他说什么?"科波菲尔德太太问他。

"就问我们坐什么船来的,我回答说我们才从科隆过来。你瞧,大多数人刚从船上下来。这就像其他地方的人问别人住哪儿一样。"

"J'adore Colon, c'est tellement..."[1] 科波菲尔德太太用法语说着。科波菲尔德先生有些尴尬。"别跟他说法语，他听不懂。跟他说英语。"

"我喜欢科隆。"

司机做了个鬼脸。"脏兮兮的木头城市。我敢肯定，你这话错得离谱——您等着看吧。您会更喜欢巴拿马城的。商店更多，医院也更多，电影院很棒，餐馆又大又干净，还有用石头盖的漂亮房子；巴拿马城是个大地方。等我们经过安孔时，我会给你们看那里的草坪多么美，还有那里的树和人行道。在科隆你可找不到这样的地方。你们知道哪些人喜欢科隆吗？"他从椅背边探出身子，他们就坐在他后面，他的鼻息几乎喷到了他们脸上。

"你们知道哪些人喜欢科隆吗？"他朝科波菲尔德先生眨了眨眼，"街上到处都是。那里只有这个，其他几乎啥都没有。我们这儿也有，但是集中在一个地方。如果您好这口，可以去那儿。我们这儿什么都有。"

"您指的是妓女吗？"科波菲尔德太太毫不含糊地说。

"Las putas[2]。"科波菲尔德先生用西班牙语对司机解释道。他很高兴切换到了这个话题，唯恐司机没法完全领

---

[1] 意为"我喜欢科隆，它是如此的……"
[2] 意为"妓女"。

会其中的况味。

司机用手捂住嘴,笑了起来。

"她喜欢这个。"科波菲尔德先生说着推了他老婆一把。

"不,不,"司机说,"她不行。"

"她们对我都很体贴。"

"体贴!"司机几乎叫了起来。"她们连这么点体贴都不可能有。"他用拇指和食指画了个丁点儿大的圈。"不会的,不会体贴你的——有人在骗你。他懂的。"他把手搭在科波菲尔德先生的大腿上。

"我恐怕对这种事一无所知。"科波菲尔德先生说。司机又对他眨了眨眼,然后说道:"她自以为了解妓——我不会说出这个词,但是她连一个也没见过。"

"我见过,甚至还和其中一个睡了会儿午觉。"

"午觉!"司机放声大笑。"别开玩笑了好不好,太太。这可不太好啊。"他突然严肃起来。"不,不,不。"他伤感地摇了摇头。

此时汽车上已经坐满了人,司机得开动了。每次汽车一停,他就回过头朝科波菲尔德太太摆了摆手指。他们开过安孔,途经几座建在小山坡上的长长的低矮建筑。

"那是医院,"司机吼道,好让科波菲尔德先生和太太听见,"那里的医生可以治各种毛病。军人能免费去那儿。他们吃饭,他们睡觉,他们康复,全部免费。有些老头一直住到死。我做梦都想加入美国军队,就不用开这辆破车了。"

"我才不想参军呢。"科波菲尔德先生激动地说。

"他们总是去吃饭、跳舞,跳舞、吃饭。"司机感叹道。汽车后面传来一阵嗡嗡声,那些女人都想知道司机说了什么。其中一个懂英语的用西班牙语快速向其他人解释着。过后她们被逗得咯咯笑了足足五分钟。司机唱起了"一战"时的美国军歌《在那边》[1],车内笑声如雷。他们现在快到郊外了,正沿着一条小河行驶。河那边是一条崭新的道路,再后面便是一片巨大而浓密的森林。

"哇,快看,"科波菲尔德先生指着森林说,"你看出差别了吗?看到那边的树有多大了吧?看到那些缠绕在一起的灌木丛了吗?这么远都能看得一清二楚。北方可没有哪片森林看上去有这么茂密。"

"确实没有。"

汽车终于在一个小码头旁停了下来。此时车里就剩下三个女人和科波菲尔德夫妇了。科波菲尔德太太看了看她们,希望她们也是去丛林里的。

科波菲尔德先生下了车,她只好不情不愿地跟着。司机已经站在街上抽烟了。他站在科波菲尔德先生旁边,

---

[1] 《在那边》("Over There")是乔治·M. 科汉(George M. Cohan, 1878—1942)于1917年美国加入第一次世界大战之际创作的歌曲,在美国士兵中广为传唱。

希望还能聊点什么。但是此刻离丛林如此之近的科波菲尔德先生非常激动,顾不上想其他事了。那三个女人没出来,还待在座位上聊着天。科波菲尔德太太回过头看向车内,满脸疑惑地盯着她们,仿佛在说:"出来吧,求求你们了,好吗?"她们有些尴尬,又开始咯咯笑起来。

科波菲尔德太太走到司机旁边问道:"这是终点站吗?"

"是的。"他说。

"那么她们是怎么回事?"

"谁?"他一脸困惑地问。

"坐车后面的那三个女人。"

"她们乘车兜风呢。都是很好的人。她们这不是第一次坐我的车了。"

"来来回回地坐?"

"是呀。"司机说。

科波菲尔德先生拉起科波菲尔德太太的手,带她走到码头上。一艘小小的渡轮正往他们这边开来。渡轮上似乎一个人也没有。

科波菲尔德太太突然开口对她丈夫说:"我不想去丛林里了。昨天的经历真是太奇怪、太可怕了。再来这么一天的话,我会崩溃的。请让我坐车回去吧。"

"但是,"科波菲尔德先生说,"你这一路跑过来,就这么回去的话未免显得太荒唐了吧。我跟你保证,你会对丛林产生兴趣的。毕竟我之前去过。你能看到各种奇形怪状的叶子和花,肯定还会听见各种美妙的声音。有些热带小鸟的嗓音像木琴一般,有些像铃铛。"

"我原本以为等我到了这儿兴许会有点兴趣,会迫不及待想要出发。但是一点也没有。我们不要讨论这个了,行吗?"

"那好吧。"科波菲尔德先生说。他看上去既伤心又孤单——他多么喜欢向别人展示他的心头好啊。他迈步朝水边走去,目光穿过小河,盯着对岸。

他身材纤瘦,头的轮廓很美。

"啊,不要难过,好吗?"科波菲尔德太太赶紧走到他身边,说道,"我不许你难过。我感觉自己像个笨蛋——像个杀人犯。不过等到了河那边的丛林里,我肯定会是个麻烦。你到那边就会开心起来的,而且没有我,你可以往远得多的地方走。"

"可是亲爱的——我不介意……我只希望你能坐着车一路平安到家。谁晓得我什么时候才能回去啊。也许我最后会不停地逛来逛去……而你又不喜欢一个人待在巴拿马。"

"那样的话,"科波菲尔德太太说,"我坐火车回科隆吧。简单得很,我只有一件行李。如果你从丛林里回来得早的话,晚上来找我;不行就明天早上来。反正按计划我们就是明天回去的。不过你得向我保证你会来找我。"

"好复杂啊,"科波菲尔德先生说,"我还想着我们会在丛林里开心地待上一整天呢。我明天回去。我的行李还在那边呢,不用担心我不回去。再见了。"他向她伸出手。渡轮在轻轻蹭着码头。

"听着,"她说,"如果今天晚上十二点你还没有回来,我就去拉斯帕拉马斯酒店住。万一我出门,十二点我会给我们酒店打电话,看看你是否到了。"

"我明天才会到。"

"那如果我不在的话,就是在拉斯帕拉马斯酒店。"

"知道了。乖乖听话,好好睡觉。"

"好的,我会的。"

他上了船,开走了。

"希望没有毁了他的兴致。"她自言自语道。这一刻,她对他无比疼惜,伤心到难以自持。她回到车上,一动不动地盯着窗外,不想让人看到自己在哭。

科波菲尔德太太直接去了拉斯帕拉马斯酒店。下车时她见到帕西菲卡只身一人向她走来。她给司机付了钱,赶紧上前迎接帕西菲卡。

"帕西菲卡!真高兴见到你!"

帕西菲卡额头上长了些痘痘,看上去很累。

"啊,科波菲尔德,"她说,"奎尔太太和我还以为再也见不着你了呢,你这又回来了。"

"帕西菲卡,你怎么能这么说呢?你们俩真叫人想不到。我不是答应过你们我会在半夜前赶到,然后一起出去庆祝吗?"

"是的,但是大家都这么说。反正,即使他们不回来也没人会生气。"

"我们去跟奎尔太太问好吧。"

"行啊,不过她一整天心情都很不好,总哭,还不吃东西。"

"这是怎么回事呀?"

"我想是跟男朋友吵架了吧。他不喜欢她。我跟她讲过,但她不听。"

"可是她告诉我的头一件事,就是她对男女之事不感兴趣。"

"对上床她提不起什么劲,但是她迷恋风花雪月那一套,当自己才十六岁。看到一个老女人这么糟践自己,我可真难过。"

帕西菲卡还穿着她那双拖鞋。她们走过酒吧,里面全是些抽着雪茄喝着酒的男人。

"我的天呐!他们瞬间就能把一个地方搞得臭烘烘的,"帕西菲卡说,"真希望能离开这里,在某个地方拥有一座带花园的漂亮小房子。"

"我马上会住进这里,帕西菲卡,我们会有数不清的快乐时光的。"

"快乐时光一去不复返了。"帕西菲卡显得很忧伤。

"我们仨一起喝一杯后你就会感觉好一点的。"科波菲尔德太太说。

她们敲了敲奎尔太太的门。

她们听到她在房里走动,窸窸窣窣地翻着纸张。然后她来到门边,开了门。科波菲尔德太太看出她比平常显得更虚弱。

"请进,"她对她们说,"虽然我没有什么好招待你们的。你们可以坐一会儿。"

帕西菲卡用胳膊碰了碰科波菲尔德太太。奎尔太太坐回自己的椅子,拿起放在她旁边桌子上的一沓账单。

"我得处理这些。实在对不住,但是这很重要。"

帕西菲卡转身对科波菲尔德太太轻声说:"她连字都看不清,因为她没戴眼镜。真是孩子气。现在她对我们摆脸色,就因为她口中那个所谓的男朋友丢下了她。我可受不了别人把我当狗看。"

奎尔太太听见了帕西菲卡所说的话,涨红了脸。她转过身来,对着科波菲尔德太太。

"你仍打算住这儿吗?"她问她。

"是的,"科波菲尔德太太语气轻快,"我无论如何不会去其他地方住的——即便你对我大吼大叫。"

"你恐怕会觉得这里不够舒适。"

"别吼科波菲尔德，"帕西菲卡插嘴道，"首先，她离开两天了，其次，她不像我这样清楚你的为人。"

"闭上你那张没教养的小嘴吧，我谢谢你了。"奎尔太太不甘示弱，快速翻动起那一沓账单。

"那对不起，打扰您了，奎尔太太。"帕西菲卡说着站起身，朝门口走去。

"我没有吼科波菲尔德太太，只是说我认为她在这儿会住得不舒服，"奎尔太太搁下了账单，"你觉得她在这儿会住得舒服吗？帕西菲卡。"

"一个没教养的小家伙可搞不清楚这些事。"帕西菲卡说罢，离开了房间，留下科波菲尔德太太与奎尔太太待在一起。

奎尔太太从橱柜上拿了几把钥匙，示意科波菲尔德太太跟着她。她们穿过几条走廊，上了几级台阶，然后奎尔太太打开了其中一间房的门。

"这儿挨着帕西菲卡的房间吗？"科波菲尔德太太问。

奎尔太太没吱声，领着她沿着走廊折返回来，停在了帕西菲卡的房间旁边。

"这间更贵，"奎尔太太说，"但是挨着帕西菲卡小姐的房间，如果你想要的是这个的话——而且你还得能忍受噪声。"

"什么噪声？"

"她早上一醒来就乒乒乓乓的,摆弄这摆弄那。这可烦不到她,她厉害得很。全身上下没一根神经,麻木不仁。"

"奎尔太太——"

"什么事?"

"你可以让人送一瓶杜松子酒到我房间吗?"

"可以……那好,希望你住得舒服。"奎尔太太走了。"我会叫人把你的行李送上来。"她扭过头说。

事情转变之快,让科波菲尔德太太整个人蒙了。

"我还以为,"她自言自语道,"她们会一直像之前那样相处下去呢。现在我只好耐心等待一切回归原样。真是活得越久,世事越难料啊。"她躺在床上,蜷起双腿,手抓住脚踝。

"快活呀……快活呀……快活呀。"她哼起歌,在床上前后摇晃着。有人敲门,一个穿条纹毛衣的男人没等人应门就走了进来。

"是你要杜松子酒?"他问。

"是我没错——好极了!"

"这是行李。我放这儿了。"

科波菲尔德太太给过钱后他便走了。

"现在,"她说着跳下床,"来点杜松子酒,消除一下我的烦恼。没有比这更好的法子了。酒到酣处便能使人忘却一切,像个小婴儿一般横冲直撞。今天晚上我就想当个小婴儿。"她猛灌了一杯,接着又是一杯。到第三杯时,喝得就慢了。

她窗户的棕色护窗大开着,一阵小风吹进煎东西的香味。

她走到窗户边,看着底下的小巷子,这巷子将拉斯帕拉马斯酒店与一片棚户区隔了开来。

有个老女人坐在巷子里的椅子上,正吃着晚饭。

"要全部吃完哟!"科波菲尔德太太说。老女人心不在焉地往上瞅了瞅,但没有说话。

科波菲尔德太太将手按在胸口上心脏的位置。"Le bonheur[1],"她轻声说着,"le bonheur……欢乐时光就像天使一般——不用苦苦挣扎就能拥有内心的平静,这多棒啊!我就知道无论如何,我总归能尝到点快活的甜头。我的朋友里再也没人絮絮叨叨够不够胆的事了——真正让我们感兴趣的,自然是搞清楚自己究竟是什么样的人。"

"科波菲尔德!"帕西菲卡冲了进来。她头发乱糟糟的,上气不接下气。"下楼来找乐子啊。可能你不喜欢和那种男人待在一起,如果你不喜欢他们的话,走开就好了。脸上抹点腮红。我能来点杜松子酒吗?"

"可是刚刚你不还说欢乐时光一去不复返吗!"

---

[1] 法语,意为"幸福"。

"去他妈的!"

"对,去他妈的,"科波菲尔德太太说,"这话太动听了……你能让我别总思来想去的就好了,帕西菲卡。"

"你可别放弃思考啊。你想得越多,就越比另外那个家伙好。谢天谢地你还知道思考。"

在楼下的酒吧里,科波菲尔德太太被介绍给了三四个男人。

"这是卢。"帕西菲卡说着从吧台下拉出一张高脚凳,让她坐在他旁边。

卢身形瘦小,四十多了。他穿着一套对他来说过于紧身的灰色轻便西装、一件蓝色衬衫,戴着一顶草帽。

"她想要放弃思考。"帕西菲卡对卢说。

"谁想要放弃思考?"卢问。

"科波菲尔德。坐在这凳子上的小姑娘,你个大傻帽儿。"

"你才是傻帽儿。你变得越来越像那些纽约姑娘了。"卢说。

"带我去纽约嘛,带我去纽约嘛。"帕西菲卡娇滴滴地说,还在高脚凳上跳上跳下的。

她这般卖弄着风情,让科波菲尔德太太很是吃惊。

"别忘了肚脐眼儿(belly buttons)。"卢对帕西菲卡说。

"肚脐眼儿!肚脐眼儿!"帕西菲卡兴奋地举起双手,

尖叫起来。

"肚脐眼儿怎么了?"科波菲尔德太太问。

"你不觉得这是世界上最好笑的词吗?'belly'和'button'[1]——'belly'和'button'——在西班牙语里就叫'ombligo'而已。"

"我不觉得有那么好笑。不过既然你那么喜欢笑,就继续笑个够吧。"卢说道,他压根儿不想和科波菲尔德太太说话。

科波菲尔德太太拉了拉他的袖子。"你是哪里人?"她问他。

"匹兹堡人。"

"我对匹兹堡一无所知。"科波菲尔德太太说。但卢的眼睛已经瞄向了帕西菲卡。

"肚脐眼儿。"他突然说道,脸上的表情毫无变化。这次帕西菲卡没笑。她似乎没听见,正踩在吧台底下的脚踏上激动而一本正经地挥舞着双手。

"看啊,看啊,"她说,"还没人请科波菲尔德喝上一杯。和我在一起的是些大老爷们儿还是些小屁孩啊? 不,不……帕西菲卡要找点新朋友了。"她从吧台上下来,让科波菲尔德跟着她。与此同时,她用胳膊肘敲掉了坐她旁边那人戴的帽子。

---

[1] 分别意为"腹部"和"纽扣"。——编者注。

"托比，"她对他说，"你该脸红才对。"托比的鼻梁断过，一张胖脸像没睡醒似的。他穿着一套深棕色的厚西装。

"什么？你要喝一杯吗？"

"我当然要喝一杯啦。"帕西菲卡两眼放光。

每人面前都有了酒，她又坐回到凳子上。"来吧，"她说，"现在我们来唱点什么？"

"我五音不全。"卢说。

"我不大会唱歌。"托比说。

他们惊讶地看到，科波菲尔德太太脖子往后一仰，像是突然来了兴致，开口唱了起来：

谁会在乎天空是否坠入大海

谁会在乎扬克斯哪家银行倒闭

只要你对我销魂一吻，

我何必在乎那些？

生命是场漫长的庆典

只要你在乎我

我在乎你。[1]

"好，不错……再来一曲。"帕西菲卡催促道。

---

[1] 《谁会在乎？》("Who Cares?") 出自音乐剧《我歌颂您》(*Of Thee I Sing*)，由乔治·格什温作曲，艾拉·格什温填词。

"你在夜总会唱过歌吗?"卢问科波菲尔德太太。她满脸绯红。

"不,没有。但是如果我心情好,会在饭店吃饭时大声唱起来,惹得好多人侧目。"

"我上回在科隆时,你和帕西菲卡可没这么要好。"

"噢,我那时不在这儿。我想我那时在巴黎呢。"

"她可没告诉过我你去过巴黎。你瞎说呢,还是真的在巴黎啊?"

"我在巴黎……这有什么可稀奇的。"

"那你很洋气啰?"

"洋气?什么意思?"

"洋气就是洋气的意思。"

"好吧,你要故弄玄虚,随你便;但是我不知道'洋气'什么意思。"

"嘿,"卢对帕西菲卡说,"她这是在跟我摆臭架子吗?"

"不是,她很聪明。不像你。"

科波菲尔德太太第一次觉察出,她让帕西菲卡脸上增光。她明白过来,帕西菲卡一直在等着将她展示给她的朋友们看,她不确定自己是否喜欢这样。卢又转向科波菲尔德太太。

"不好意思,女王殿下。帕西菲卡说你脑子好使,我不该找你说话。"

科波菲尔德太太不想再理卢了，于是跳下凳子，站在托比和帕西菲卡之间。托比正在用浑厚低沉的嗓音与帕西菲卡聊着天。

"我跟你讲，如果她在这边搞一个唱歌的，再把这地方稍微粉刷一下，准能赚大钱。大家都清楚这是睡觉的好地方，但是这儿没有音乐。你在这儿，你有一大堆朋友，你有办法……"

"托比，我可不想有音乐，也不想有一大堆朋友，我安静得很……"

"是，你很安静。这个礼拜你很安静，可能下礼拜你就不想要这么安静了。"

"我可不是那么善变的人，托比。我有个男朋友。我并不想长期住这儿。"

"但是你现在住这儿呀。"

"是的。"

"看吧，你想赚点小钱。我跟你讲，只需要一点点钱，我们就能把这地方搞得好一点。"

"但是为什么一定要我在这儿呢？"

"因为这儿有你的熟人啊。"

"我从来没见过你这样的男人。一直在叨叨生意上的事。"

"你的经商头脑也不赖嘛。你不是迅速帮你那朋友搞定了一杯酒吗？你也沾了点光，不是吗？"

帕西菲卡踹了托比一脚。

"听着,帕西菲卡,我也想有说有笑的。但我见不得人有钱不赚,满足于小打小闹。"

"别一心想着赚钱啦。"帕西菲卡打掉了他的帽子。他意识到说什么都没用了,叹了口气。

"艾玛近来可好?"他无精打采地问道。

"艾玛?我打上次在船上那天晚上起就没见过她了。她打扮成水手的样子真是光彩照人。"

"穿男装的女人看上去棒极了。"科波菲尔德太太激动地插了一嘴。

"那是对你而言,"托比说,"我还是更乐意见她们穿得像个女人。"

"她的意思是,在那个时刻,她们看上去很漂亮。"帕西菲卡说。

"我不那么觉得。"托比说。

"那好吧,托比,也许对你而言不是,但是对她而言,她们那样穿很漂亮。"

"我还是觉得我是对的。这不是对谁而言的问题。"

"你可没法用数学证明这件事。"科波菲尔德太太说。托比一脸漠然地看着她。

"怎么问起了艾玛?"帕西菲卡说,"你该不会是终于看上某个人了吧?"

"你让我谈点买卖以外的事嘛,所以我问起艾玛,以显示我多么善于交际。我们都认识她，我们之前一起参加过一次派对。不就该这样吗？艾玛可好？你爸妈可好？这就是你们喜欢的聊天方式。然后我告诉你，家里人一切都好，也许我又谈起某个我们都忘了自己其实认识的朋友，接着又说起物价飞涨，革命来了，然后我们都吃起草莓来。物价的确在飞涨，这就是为什么我希望你从这地方捞点钱。"

"我的天啊！"帕西菲卡说，"我的日子已经够辛苦了，又孤身一人，却还能像个小姑娘一样享受生活。而你呢，老气横秋的。"

"你没必要把日子过得这么辛苦，帕西菲卡。"

"那你呢？你的日子也仍然过得很辛苦，你却总想着怎么能过得轻松点。在所有这一切中，这是最辛苦的。"

"我不过是想要一个契机。我有点子，再来一个契机，我的生活一夜之间就能变轻松了。"

"那之后呢？你要做什么？"

"继续保持，甚至让生活更轻松点。我会忙不过来的。"

"那你就没空做其他事了。"

"像我这样的人要那些闲工夫干吗——种郁金香吗？"

"你并非真心诚意想跟我聊天，托比。"

"我当然想了。你这么友好，又可爱，除了会些骗人的把戏外,脑子也挺好使。"

"那我呢?我友好吗?我可爱吗?"科波菲尔德太太问。

"当然。你们都友好,都可爱。"

"科波菲尔德,我想他在讽刺我们。"帕西菲卡缓缓起身,说道。

科波菲尔德太太假装生气了,朝门边走去;但是帕西菲卡的心思已经到了别的地方,科波菲尔德太太就像个已没有观众却还在傻乎乎演戏的人,只好回到了吧台边。

"听着,"帕西菲卡说,"上楼去敲奎尔太太的门。跟她说托比先生非常想见她。别说是帕西菲卡喊你去的。反正她心里清楚,你不说的话她面子上好过些。她会想要下来的。对此我毫不怀疑,我像了解我妈一样了解她。"

"噢,交给我吧,帕西菲卡。"科波菲尔德太太说着,跑出了房间。

科波菲尔德太太来到奎尔太太的房里时,奎尔太太正忙着收拾橱柜顶层的抽屉。房间里很安静,也很热。

"我总是舍不得把这些东西扔了。"奎尔太太转过身,用手轻轻理了理头发,说道。"我想这城里一半的人你都见过了吧。"她一边忧伤地说着,一边仔细观察科波菲尔德太太绯红的脸颊。

"不,还没呢。你能下来见见托比先生吗?"

"谁是托比先生啊?"

"噢,来吧,求求你了,就算是为了我吧。"

"我会的,亲爱的,你坐下来等我一会儿,我换身好点的衣服。"

科波菲尔德太太坐了下来,她头有点晕。奎尔太太从衣柜里拿出一条黑色丝绸长裙,从头上套了进去,然后从首饰盒里选了几条黑色珠链和一枚饰有浮雕的胸针。她细致地往脸上抹好粉,又塞了几枚发卡到头发里。

"我才不想为此冲个澡呢,"她准备就绪后说,"那个,你真的觉得我应该见见这位托比先生吗?还是说,改天比较好?"

科波菲尔德太太拉起奎尔太太的手,把她拽出了房间。奎尔太太走进酒吧时,显得雍容华贵又极为端庄。她已经渐渐忘却男友带来的痛苦,化悲伤为力量了。

"现在,亲爱的,"她悄悄对科波菲尔德太太说,"告诉我托比先生是哪一个?"

"那边那个,坐帕西菲卡旁边的。"科波菲尔德太太有些迟疑地回答。她唯恐奎尔太太觉得他毫无魅力,转身离开。

"看到了。那位壮实的男士。"

"你讨厌胖子吗?"

"我不以貌取人。还是个年轻姑娘时,我看上的就是男人们的头脑。现在人到中年,我敢说自己正确得很。"

"我却总是被外貌、身材这些东西所吸引,"科波菲尔德太太说,"这倒不是说我会爱上漂亮的人。有些我喜欢过的人可丑了。来吧,让我们到托比先生那边去。"

见奎尔太太走来,托比站了起来,还脱去了帽子。

"快和我们坐一起,喝一杯。"

"还是让我们先认识认识彼此吧,年轻人,先认识认识。"

"这酒吧是您的,对吗?"托比一脸忧虑地问。

"是的,是的。"奎尔太太面无表情地说。她盯住帕西菲卡的头顶。"帕西菲卡,"她说,"你喝得有点多吧。我得看住你了。"

"别担心,奎尔太太。我很早就学会自己照顾自己了,"她转身对着卢,非常郑重地说,"十五年了。"帕西菲卡举止很自然,仿佛她和奎尔太太之间什么也没发生过,科波菲尔德太太看得入了迷。帕西菲卡用手环住奎尔太太的腰,将她抱紧。

"噢,"她说,"噢,见到你真开心!"

托比笑了。"这姑娘心情不错,奎尔太太。好了,您不想来一杯吗?"

"好的,我来一杯杜松子酒吧。这些姑娘年纪轻轻就远走他乡,真让我痛心。我二十六岁前一直和我的妈妈、我的姐妹,还有我的兄弟住在家里。即便如此,我结婚时还是怕得要命,仿佛从此就要步入社会了。不过奎尔先生给了我一个家,直到他死了,我才真正步入社会。那时我才三十几岁,比之前任何时候都害怕得要死。帕西菲卡在社会上待的时间实在是比我长多了。她就像个饱经风霜的老船长。有时听她聊起一些经历时,我感觉自己像个傻子,吓得眼睛都快从脑门上迸出来了。这不是年龄的问题,而关乎经验。上帝对我可比对帕西菲卡仁慈多了,没让我受这么多苦。她什么没遭受过?但她还是比我淡定得多。"

"不过,对于这样一个经历丰富的人来说,她可真不太会为自己着想,"托比说,"她对好事视而不见。"

"是的,我想您说得对。"奎尔太太说,她渐渐对托比有了好感。

"我当然说对了。但她在巴拿马有很多朋友,不是吗?"

"帕西菲卡大概是有很多朋友吧。"奎尔太太说。

"拜托,你明明清楚她有很多朋友,不是吗?"

奎尔太太看上去像是被托比那急切的口吻吓着了。见此状,他决定收敛一点,不要操之过急。

"不过谁他妈在乎呢?"他一边说着一边用眼角的余光瞟着她。这招似乎对奎尔太太见效了,托比松了一口气。

科波菲尔德太太走到角落里的一张长凳上躺了下来。

她闭上眼睛，笑了。

"她最好躺会儿，"奎尔太太对托比说，"她是个好人，一个可人儿，就是喝多了点儿。帕西菲卡，一如她所说的，的确可以照顾好自己。我见过她像个男人一样喝酒，但科波菲尔德不一样。就像我刚才说的，帕西菲卡可是见过世面的，社会经验很足。但是科波菲尔德太太和我呢，我们得把自己看紧一点，或者让某位男士来守护我们。"

"是的，"托比在凳子上难为情地动了动，"酒保，再来一杯杜松子酒。你想再来一杯，不是吗？"他问奎尔太太。

"好的，如果你会守护我的话。"

"我当然会啦。如果你醉了，我还能把你抱回家。"

"啊，不要，"奎尔太太咯咯笑着，羞红了脸，"你可别那样做，年轻人，我重得很。"

"呵呵……那么——"

"嗯？"

"你能告诉我点事吗？"

"你想听什么我都乐意说给你听。"

"你怎么就没想过把这地儿装修装修呢？"

"啊，是不是很破啊？我总是跟自己说要着手办这事，但总是抽不出时间。"

"没票子？"托比说。奎尔太太好像没明白。"你没钱搞装修吗？"他又问道。

"哦,不是,我当然有钱了,"奎尔太太环顾着酒吧,"楼上还放着一些东西,我一直想要把它们挂在这边的墙上。到处都脏兮兮的,对不对?实在是抱歉。"

"不必,不必。"托比不耐烦地说道。他一下来劲了。"我说的根本不是这个。"

奎尔太太对他甜甜地一笑。

"听着,"托比说,"我一辈子都在跟餐厅啊酒吧啊俱乐部啊这些地方打交道,我能搞定这些。"

"你当然可以啦。"

"说真的,我可以。听着,我们别待在这儿了,去个可以好好聊聊的地方吧。你说吧,去哪儿?城里任何地方都行,我带你去。对我来说很值,对你而言就更不亏了,你待会儿瞧吧。我们能再喝上几杯,或许还能吃点东西。听着——"他一把拽住奎尔太太的胳膊,"你想去华盛顿大酒店吗?"

起初奎尔太太没反应过来,但当她明白了他的意思后,便回答说她很愿意去——激动到声音都颤抖了。托比从凳子上跳下来,一把扯掉帽子,一边往外走,一边扭过头冲奎尔太太说:"那就快点。"他看上去有点生气,但是相当坚决。

奎尔太太握住帕西菲卡的手,告诉她自己就要去华盛顿大酒店了。

"如果可以带上你就好了,帕西菲卡。丢下你一个人去那儿,我真不好受;不过这也是没有办法的事,你说呢?"

"哎呀,别担心,奎尔太太。我现在快活得很。"帕西菲卡带着阅尽繁华般的口吻说。

"那就是个骗人的鬼地方。"卢说。

"哦,不是的,"帕西菲卡说,"那地方很好,很美。她会玩得开心的。"帕西菲卡掐了卢一下。"你不懂。"她对他说。

奎尔太太迈着缓慢的步子走出酒吧,跟托比一起站在街边。他们叫了一辆车,往酒店开去。托比很安静。他伸开手脚躺在座位上,点着了一根雪茄。

"汽车这东西真不该被发明出来。"奎尔太太说。

"那样的话,从一个地方到另一个地方会把你逼疯的。"

"不,不会的。我总是慢悠悠的。没有什么是等不了的。"

"这只是你的想法。"托比没好气地说了一句,他觉得自己有必要扭转奎尔太太的这种观念。"让'斗士'[1]或别的马脱颖而出的,往往就是那一秒钟。"他说。

---

[1] "斗士"(Man O'War)是一匹纯种赛马,在为期两年的职业生涯中,它共参加21次比赛,20次胜出,包括1920年举行的比利时锦标赛和贝尔蒙特锦标赛。

"生活可不是赛马呀。"

"眼下的生活就是如此。"

"也许吧,但对我而言不是。"奎尔太太说。

托比憋了一肚子气。

通向华盛顿大酒店露台的小路两旁种着非洲椰枣树,酒店本身也相当气派。他们从车上下来,托比站在小路中间,看着酒店,两旁是沙沙作响的棕榈树。酒店灯火辉煌。奎尔太太站在托比旁边。

"在那里喝酒肯定会被狠狠宰上一顿,"托比说,"我敢肯定他们的利润率能达到百分之两百。"

"快别说了,"奎尔太太说,"如果你觉得付不起钱的话,我们打车回去吧。出来兜兜风就挺愉快的。"她的心怦怦直跳。

"别他妈犯傻了!"托比对她说,于是他们朝酒店走去。

大厅地面铺的是人造黄色大理石。角落里有一间报刊亭,客人们可以在此买到口香糖、明信片、地图和纪念品。奎尔太太仿佛才从船上下来的游客一般,这边走走那边看看,四处打量着;而托比径直走到报刊亭,问后面那人哪里可以喝上一杯。对方回说可以去露台那边。

"大家一般都去那里。"他说。

他们在露台边缘处一张桌子旁坐好,从那儿能看到一线海滩连着大海,景色很好。

两人中间的桌子上放着一盏带玫瑰色灯罩的小灯，托比一坐下就转起灯罩来。此时，他的雪茄已经很短了，也很潮。

露台上三三两两的人聚在一起，低声聊着天。

"死气沉沉的！"

"哎呀，我倒觉得挺好呢。"奎尔太太说。风吹着她的肩头，她有一点点哆嗦，这儿可比科隆凉快多了。

一个服务员站在他们身旁，手中的铅笔停在半空，等着他们点单。

"你要点什么？"托比说。

"年轻人，你有什么好喝的推荐呢？"奎尔太太转身问那服务员。

"华盛顿大酒店特调水果宾治。"服务员颇为生硬地说。

"听上去确实不错。"

"那行，"托比说，"来一杯这个，然后给我来一杯黑麦威士忌。"

奎尔太太喝了好一阵手中的酒后，托比开口对她说："所以你有钱，但从没想过要好好装修一番。"

"啊——！"奎尔太太说，"这酒里有世上所有的水果。我现在恐怕就像个小孩子，不过没人比我更爱这世上的好东西了。当然，我的生活中从不缺少这些。"

"像你这样过日子可不叫拥有好东西，不是吗？"托比问。

"我的生活可比你想象中的好。你怎么知道我过得好不好呢?"

"比如说吧,你能更有格调,"托比说,"而且很轻易就能办到。我的意思是,你那地方可以很轻易就更上一层楼。"

"也许吧,是吗?"

"当然。"托比等了等,看在他继续向她游说前,她自己会不会开口说点什么。

"看看这里这些人吧,"奎尔太太说,"人不多,你还以为他们会聚在一起,而不是像现在这样三三两两地坐着。既然他们住在一家这么漂亮的酒店里,你还以为他们会穿上礼服,时时刻刻享受生活,而不是像现在这样望着远方或者看书。你还以为他们总是会盛装打扮,寻欢作乐,而不是穿着普普通通的衣服。"

"他们穿着休闲服,"托比说,"他们才不想花心思打扮呢。他们来这里很可能就是为了休息一下。很可能是些商务人士。也许有些人平时应酬很多,他们也得休息。在家时,他们得在很多地方露面交际才行。"

"我可不会花这么大一笔钱,就为了来休息一下。我宁可待在自己家里。"

"对他们来说没差别。他们钱多得很。"

"这倒是。真令人伤感啊,对不对?"

"我不觉得这有什么可伤感的。让我伤感的是,"托比说着往前欠身,在烟灰缸里摁灭雪茄,"让我伤感的是,你有你的酒吧和旅馆,却没挣多少钱。"

"是的,太糟了,对吗?"

"我喜欢你,不希望看到你得不到原本可以得到的东西,"他颇温柔地握起她的手,"现在,我知道该拿你那地方怎么办。就像我之前跟你说过的。你还记得我之前怎么跟你说的吗?"

"你可跟我说过很多事情。"

"那我再说一次。我一辈子都在跟餐厅啊酒吧啊旅馆啊这些地方打交道,我能搞定这些。如果我现在有钱——要不是因为我帮我老弟全家渡过难关导致现在手头有点紧,不等你开口我就会把钱投到你那边,把那地方搞好。我清楚很快就能拿回这笔钱,所以这也不是白给的。"

"当然不会白给。"奎尔太太说。她的头缓缓摆动着,一双亮晶晶的眼睛盯着托比看。

"呃,我到明年十月前都得省着用钱,到时我会签一份大合同。和一家连锁机构签。现在能有点小钱当然好了,不过那不是重点。"

"你不用解释了,托比。"奎尔太太说。

"你这是什么意思?不用解释了?难道你对我要说的事毫无兴趣吗?"

"托比,我对你说的每一个字都感兴趣。但是你不要担心酒水钱,你的朋友弗洛拉·奎尔跟你说,不用担心。我们出来就是好好享受的,那我们就得尽兴,不是吗,托比?"

"好的,不过先听我说。我认为你没动手搞那地儿,或许是因为你不知道从何下手。明白吗?你搞不清楚其中的门道。而我呢,我晓得怎么低价搞定乐队、木工、服务员。这种事我都吃得开。你那边有点名气,即便是现在也有很多人愿意去那儿,因为他们能从酒吧直接上楼。帕西菲卡很重要,城里每一个男人她都认识,他们喜欢她,也信任她。问题就是,你那里没什么氛围,没有炫目的灯光,也没人跳舞。不够别致,也不够大。大家伙儿先去其他地方,很晚了才上你这儿。也就临睡前那一会儿。换作是我,这会儿该急得像热锅上的蚂蚁了。其他人把肉都分完了,给你剩了点肉末,还是骨头边啃剩下的,懂吗?"

"骨头边的肉最美味了。"奎尔太太说。

"喂,你到底有没有在听我说话?还是说你就是榆木脑子?我没开玩笑。听着,你在银行里有些钱。你银行里有钱吧?"

"是的,我银行里有钱。"奎尔太太说。

"那行。那这样,我帮你搞好那地方,一切交由我来负责,你不用操心。你就舒舒服服地坐享其成吧。"

"这怎么行。"奎尔太太说。

"拜托，"托比已经面露愠色，"我所求不多，也就一点点股份，还有一点现钱支付一下这段时间的开支，就可以了。我能迅速帮你搞定这件事，还花不了几个钱。我还能替你管好那地方，到时的运营成本不会比现在高多少。"

"啊，那真是太棒了，托比，我想说那可真是太棒了。"

"你没必要告诉我这很棒。我知道这很棒。不是棒，简直是棒呆了。棒得不得了。我们得抓紧了。再来一杯吧。"

"好的，好的。"

"为了请你，我可是把钱兜都掏空了。"他毫无顾忌地说。

奎尔太太已经醉了，只是点了点头。

"值了。"他靠着椅背，凝视着地平线，脑海中还在不断地打着算盘。"你觉得我应该拿多少股份？别忘了，整整一年我都得替你忙这件事。"

"啊，亲爱的，"奎尔太太说，"说实话，我毫无头绪。"她对他笑了笑，一脸幸福的模样。

"好吧。你打算预付给我多少钱，好让我在这儿待到开工？"

"我不知道。"

"这样的话，我们这样操作好了。"托比试探着说。

他还不确定自己这步棋走得对不对。"我们这样操作。我不希望超出你的能力范围,我想跟你做成这笔买卖。你告诉我你银行里有多少钱。然后我计算一下,搞定那地方得花多少钱,然后我最少拿多少。你钱不多的话,我可不想让你破产。我们就打开天窗说亮话,彼此坦诚相见吧。"

"托比,"奎尔太太表情严肃地说,"你觉得我不够坦诚吗?"

"这是什么鬼话!"托比说,"你认为那样的话我会跟你提这件事吗?"

"也对,想必你不会。"奎尔太太忧伤地说。

"你有多少?"托比热切地注视着她,问道。

"什么?"奎尔太太问。

"你银行里有多少钱?"

"我给你看,托比,我这就给你看。"她在她那大大的黑色皮包里翻找起来。

托比缩回下巴,目光从奎尔太太的脸上移开。

"一团糟——一团糟——一团糟啊,"奎尔太太说着,"我就差把灶台也塞进这包里了。"

托比先是盯着水面看,然后转向棕榈树,目光极其沉着冷静。他认为自己已然得胜,开始思量起这究竟是好是坏。

"我的天啊,"奎尔太太说,"我活得就像个吉卜赛人。

银行里只剩二十二块五,我却毫不在意。"

托比从她手中一把抢过存折。他见余额标着二十二美元五十美分,便站起身,一手攥紧餐巾,一手攫住帽子,从露台上走了下去。

见托比如此突然地走开,奎尔太太感到羞愧难当。

"他气坏了,"她想,"看着我这张脸都快要喷出来了。他想我这人,银行里只有二十二块五,却整天像只百灵鸟一样快活,傻透了。好吧,我可再也不能这样没心没肺了。等他回来我就告诉他,我要有一个崭新的开始。"

此时露台上的人都走了,只剩刚才给奎尔太太点单的服务员。他手放在背后站着,目光直视前方。

"坐下来同我聊聊,"奎尔太太对他说,"夜色中坐在这老旧的露台上,我有些孤单。这露台真美。你可以谈谈你自己。你银行里存了多少钱?我知道这样问有些失礼,但我真的想知道。"

"这没什么,"服务员说,"我银行里大概有三百五十美元。"他没坐下来。

"从哪儿搞到的?"奎尔太太说。

"我叔叔那儿。"

"我猜你心里觉得挺踏实吧。"

"并没有。"

奎尔太太开始怀疑托比是否还会回来。她双手合十,问那年轻的服务员是否清楚之前坐她旁边的先生去哪了。

"家,我猜。"服务员说。

"呃,我们还是去大厅看一眼吧。"奎尔太太紧张地说道。她招呼服务员跟着她。

他们走进大厅,在客人们中间寻找着。人们要么成群地四处站着,要么就坐在沿墙放置的扶手椅上。酒店里比奎尔太太同托比才到的那会儿热闹许多。到处不见托比的影子,这让她方寸大乱,且极为伤心。

"我想我最好回家去,让你好好休息,"她有些恍惚,对服务员说,"但我得先给帕西菲卡买点什么……"她浑身微微发抖,但一想到帕西菲卡,就安心许多。

"形单影只,孤苦伶仃,哪怕就一会儿,都让人害怕、惶恐,心里不是滋味。"她对那服务员说,"来帮我挑点东西,不需要太贵重的,能让人想到酒店就行。"

"都一样,"服务员不情不愿地跟着她,说道,"全是些没用的玩意儿。我不清楚你朋友想要什么。也许可以给她带一本印着'巴拿马'字样的小本子。"

"不要,我想要特别一点的,上头标着酒店名字的什么东西。"

"呃,"服务员说,"大多数人都不喜欢那种。"

"大多数人!大多数人!"奎尔太太断然回答道,"难道我一定要知道别人如何如何吗?我真是听够了。"她毅然走向报刊亭,对柜台后的年轻男子说:"我想要上头写着'华盛顿大酒店'的东西,送给一个女人的。"

那男人看了一圈货架,扯出一块手帕,一角画着两棵棕榈树,并印着几个字:巴拿马留念。

"不过多数人更喜欢这个。"他说着从柜台下拉出一顶巨大的草帽,戴在了自己头上。

"看吧,它能像伞一样给您带来荫凉,又相当漂亮。"帽子上什么也没写。

"那手帕,"年轻人继续说道,"大多数人认为有点,呃……"

"这位先生,"奎尔太太说,"我明确告诉了你,我希望礼物上写着'华盛顿大酒店'这几个字,可以的话,再配上一张照片。"

"可是,夫人,没人喜欢那种。大家不喜欢纪念品上印着酒店的照片。可以是棕榈树、落日,有时是桥,但不会是酒店。"

"到底有没有写着'华盛顿大酒店'这几个字的东西?"奎尔太太提高了声调。

售货员有些恼了。"还真有,"他眼中闪着怒气,说道,"请稍等,夫人。"他开了扇小门,走到了大厅中,不一会儿便拿着个笨重的黑色烟灰缸回来了,他把它放在奎尔太太面前的柜台上。烟灰缸的正中用黄色油墨印上了酒店的名字。

"这是你要的东西吗?"售货员问。

"对的，没错，"奎尔太太说，"就是这个。"

"那好，夫人，五十美分。"

"这可不值五十美分。"服务员悄悄对奎尔太太说。

奎尔太太翻看了一下钱包，只找到一枚二十五美分的硬币，一张票子都没有。

"听着，"她对年轻人说，"我是拉斯帕拉马斯酒店的老板娘。我给你看一下存折，那上头写着我的地址。这次能先让我带走这个烟灰缸吗？是这样的，我和一位男性朋友来的，我们闹了点不愉快，他就先离开了。"

"爱莫能助，夫人。"售货员说。

一名站在大厅另一角的助理经理一直在看着报刊亭边的这几个人，此时，他觉得有必要介入了。他认为奎尔太太很可疑，即使从远处判断，她各方面都不及其他客人体面。他也想不明白，到底是什么事让那服务员在报刊亭前站那么久。他尽力摆出一副严肃而关切的表情朝他们走去。

"这是存折。"奎尔太太正对售货员说。

那服务员看到助理经理走过来了，吓得赶紧把奎尔太太和托比消费的酒水账单给了她。

"露台那边一共是六美元。"他对奎尔太太说。

"他没付钱吗？"她说，"他的心情肯定糟透了。"

"有什么能为您效劳的吗？"助理经理问奎尔太太。

"来得正好，"她说，"我是拉斯帕拉马斯酒店的主人。"

"不好意思,"经理说,"我不太知道拉斯帕拉马斯酒店。"

"好吧,"奎尔太太说,"我身上没带钱。我和一位先生来的,我们闹了点不愉快;但我带着存折,我明天去银行后立马就会把钱送来。我开不了支票,钱在储蓄账户里。"

"不好意思,"助理经理说,"只有住店客人可以赊账。"

"在我的酒店里也是如此,"奎尔太太说,"除非遇到特殊状况。"

"我们规定,不允许赊账给……"

"我想把这烟灰缸带回家给一位朋友。她很喜欢你们酒店。"

"烟灰缸归华盛顿大酒店所有。"助理经理说着朝那售货员严厉地皱起眉头。后者赶紧说道:"她想要上头写着'华盛顿大酒店'的东西。我没有,所以想着可以卖给她一个这个——五十美分。"他又加上一句,朝助理经理眨了眨眼,还往经理脚边挪了挪。

"烟灰缸,"经理重复道,"归华盛顿大酒店所有。数目有限,每一个都会派上用场。"

售货员唯恐丢掉饭碗,不敢再打烟灰缸的主意,把它放回了之前所在的桌子,然后又站到了柜台后面。

"您想买手帕还是帽子?"他装作什么都没发生,问奎尔太太。

"我朋友的帽子和手帕都够多了,"奎尔太太说,"我还是回家吧。"

"请您同我来前台结下账,好吗?"助理经理问道。

"唉,就不能等到明天——"

"恐怕这有违酒店规定,夫人。请这边走。"他转向在认真听着两人之间对话的服务员。"外面需要你,"他用西班牙语对他说,"去吧。"

服务员想说什么,又憋了回去,转身慢慢朝露台走去。奎尔太太哭了起来。

"等一下,"她说着从包里拿出一方手帕,"等一下——我想要给我朋友帕西菲卡打个电话。"

助理经理指着电话间的方向,她把脸埋入手帕,匆匆走开了。十五分钟后,她回来了,哭得比之前更伤心了。

"科波菲尔德太太会来接我——我都跟她说了。我要找个地方坐下来等她。"

"这位科波菲尔德太太有足够的资金支付你的账单吗?"

"我不清楚。"奎尔太太说着走开了。

"你的意思是,你不知道她是否可以替你结账?"

"不是的,不是的,她会替我结账的。请允许我坐到那边去。"

经理点了点头。奎尔太太在一棵高大的棕榈树旁的扶手椅上瘫坐下来,双手捧着脸,继续哭着。

二十分钟后,科波菲尔德太太到了。天气这么热,她却穿着一件银狐皮做的披风,这披风原本是打算去更冷的地方时用的。

虽然她冒着汗,妆容也不够精致,但就因为这件银狐披风,她感觉酒店员工都对她毕恭毕敬的。

她很久前就醒了,现在又有点醉醺醺的。她赶紧走到奎尔太太身边,亲了亲她的头。

"那个让你哭鼻子的男人呢?"她问。

奎尔太太泪眼蒙眬,环顾了一圈,指了指助理经理。科波菲尔德太太勾了勾食指,召他过来。

他走到她们这边,科波菲尔德太太问他,可以去哪里给奎尔太太买点花。

"当你感到伤心或者不适时,没什么比得上一束鲜花了,"她对他说,"奎尔太太很难受。你能去买点花吗?"她从钱包里拿出一张二十美元的钞票,问道。

"酒店里没有卖花的地方。"助理经理说。

"那可真是不够豪华呀。"科波菲尔德太太说。

他没有接话。

"那么,"她接着说道,"退而求其次,我来请她喝杯好的。我们一起去酒吧那边吧。"

助理经理拒绝了。

"不行,"科波菲尔德太太说,"你一定得来。我要跟你好好谈一谈。你之前的态度极其恶劣。"

助理经理盯着她看。

"你身上最恶劣的地方在于,"科波菲尔德太太继续说道,"现在你知道能结账了,可还像之前一样摆着副臭脸。你那时又刻薄又担心,现在仍是又刻薄又担心,脸上的表情一点没变。如果一个人无论遇到好事还是坏事,反应都差不多,那他就是个危险分子。"

见他仍没有要开口的意思,她又说道:"你不仅让奎尔太太平白无故难受一场,还毁了我的兴致。你根本不晓得怎么讨好有钱人。"助理经理挑起了眉毛。

"你理解不了,但我还是要告诉你。我来这儿是出于两个原因。首先自然是帮我朋友奎尔太太解决这桩麻烦事;二来也想看看,本以为肯定结不了的账,最后被结清时,你脸上是一副怎样的表情。我还以为能见证这种转变呢。化敌为友,那该多么让人激动啊。这就是为何好的电影里,男主角常常一直看女主角不顺眼,直到结尾才出现反转。而你呢,你倒好,从未想过降低身段。原以为对方没钱,却发现自己想错了,于是见风使舵,笑逐颜开——你觉得这样做很不体面。你以为有钱人在乎这个吗?他们可享受这种待遇了!他们也想要因为有钱而受人待见,并且希望身边人也能得到同等对待。

你甚至都算不上一个优秀的酒店经理，无论从哪方面看，都是个不讨喜的人。"

助理经理憎恶地看着科波菲尔德太太扬起的脸。他讨厌她分明的五官，还有她高昂的嗓音。他觉得她比奎尔太太更令人不快——他原本就不喜欢女人。

"你毫无想象力，"她说，"一点儿也没有！你什么也不懂。哪里付钱？"

回家的路上，科波菲尔德太太有些难过。奎尔太太一直端着架子，相当疏远她，并没有如她预想中一般向她连连道谢。

第二天一大早，科波菲尔德太太和帕西菲卡一起待在后者的房间里。天空稍稍有些发白。科波菲尔德太太还从未见过帕西菲卡醉成这副样子。头发堆在头顶，看上去就像一顶微微发紧的假发。她的瞳孔张得很大，上头仿佛还覆着一层薄膜。格子裙前面有片很大的深色污渍，口中满是酒气。她摇摇晃晃地走到窗边，看向外面。屋子里很暗，科波菲尔德太太都快分不清帕西菲卡裙子上红色和紫色的方格。太暗了，她完全看不见她的腿，但她清楚地记得那厚厚的黄色丝袜和白色的运动鞋。

"好漂亮。"科波菲尔德太太说。

"真美，"帕西菲卡说着，转过身来，"真美。"她东倒西歪地在房间里走动着。"听着，"她说，"此刻最妙的事，就是去海边游泳。你钱够的话我们可以叫辆出租车，马上就走。怎么样？"

科波菲尔德太太被吓得不轻，而帕西菲卡已经拽起了床上的毯子。"求求你了，"她说，"你想象不到这会让我多开心。你必须得拿起那边的毛巾。"

海滩不算太远。她们到那儿后，帕西菲卡让司机两个小时后再回来。

海岸上到处都是岩石，这让科波菲尔德太太有些失望。风不是很大，但她注意到棕榈树顶头的枝杈在摇晃。

帕西菲卡脱了衣服，直接走入水中。她迈开双腿站了一会儿，水才没过脚踝；与此同时，科波菲尔德太太坐在一块岩石上，拿不定主意自己是否也要脱衣服。突然溅起一片水花，帕西菲卡游了起来。她先是仰泳，然后翻转身来，科波菲尔德太太真真切切听到了她在唱歌。终于，帕西菲卡在水中扑腾够了，站起身，朝岸边走来。她步子迈得很大，双腿间湿漉漉的毛发耷拉着。科波菲尔德太太看上去有些不好意思，帕西菲卡则一屁股坐到她旁边，问她为什么不下水。

"我不会游泳。"科波菲尔德太太说。

帕西菲卡抬头望着天空。现在看来，今天天气不会太好。

"你干吗坐在那块可怕的石头上？"帕西菲卡说，"快来，脱掉衣服，我们下水。我来教你怎么游泳。"

"我从来学不会。"

"我来教你。学不会的话就淹死你。不对，只是开个玩笑，别当真。"

科波菲尔德太太脱了衣服。她很白，很瘦，脊椎骨沿着背部分明可见。帕西菲卡看着她的身子，一言不发。

"我知道我的体型很糟糕。"科波菲尔德太太说。

帕西菲卡没有接话。"来。"她说着站起身来，手挽住科波菲尔德太太的腰。

她们面朝海滩与棕榈树，立在齐腿深的水里。薄雾之下的树仿佛在移动，而海滩苍茫一片。在她们身后，天空迅速亮了起来，但海水仍是黑漆漆的。科波菲尔德太太注意到帕西菲卡嘴唇上长了一块红色的疮。水从她的发丝滴落至肩头。

她转身背对着海滩，拉起科波菲尔德太太往水更深处走去。

科波菲尔德太太紧紧抓住帕西菲卡的手，很快水就漫到下巴了。

"平躺下来。我会托住你的头。"帕西菲卡说。

科波菲尔德太太惊慌地四下看了看，但还是乖乖照做了。她背朝下漂浮在水中，仅靠帕西菲卡张开的手掌支撑着头，不至于沉下去。她能瞧见自己窄窄的双脚浮在水面上。帕西菲卡拽着科波菲尔德太太一道，游了起来。她只靠一只手使劲，这样非常累人，很快就喘起粗气来。

她托举着科波菲尔德太太头的那只手只微微用力——力道如此之小,以至于科波菲尔德太太担心这只手随时可能撤走。她眼睛看着上头。天空中阴云密布。她想对帕西菲卡说点什么,又不敢扭动脑袋。

帕西菲卡往陆地方向游了几米。突然,她站了起来,双手用力托住科波菲尔德太太的后腰。科波菲尔德太太感到一阵愉悦,同时又有些恶心。她转过头来,脸蹭到了帕西菲卡鼓起的肚皮。她紧紧抓住帕西菲卡的大腿,多年来的悲伤与委屈都化成了手中的那一股劲。

"别离开我。"她喊道。

此情此景让科波菲尔德太太猛然记起了自己常做的一个梦。在梦中,她被一只狗追着爬上了一座小山。山顶伫立着一些松树,还有一个两米多高的模特儿。她走近看,才发现那模特儿有着血肉之躯,却没有气息。她身上的裙子是黑天鹅绒的,下摆收得很紧。科波菲尔德太太让模特儿的一只手紧紧环住自己的腰。她被模特儿粗壮的手臂吓到了,但也为此窃喜。她腾出一只手将模特儿的另一只手也拉至身前。这时模特儿前后摇晃起来,科波菲尔德太太则贴得更紧了。她们一起摔下山头,又滚了好长一段路,才在一条小道上停了下来——这时她们仍紧紧拥抱着彼此。科波菲尔德太太认为这是梦中最美妙的时刻。这一路滚下来,模特儿就像一道屏障挡在她和碎石破瓦之间,这尤其使她开心。

而这一刻,梦境重现,帕西菲卡让她再一次感受到了那种情感,科波菲尔德太太认为,这必定是自己突然如此兴奋的原因。

"现在,"帕西菲卡说,"你不介意的话,我自己再去游一会儿。"不过在此之前,她先扶着科波菲尔德太太,让她站稳,然后牵着她走回了海滩。科波菲尔德太太瘫坐在沙滩上,如一朵凋零的花儿般垂着脑袋。她微微颤抖着,感觉筋疲力尽,仿佛才有过鱼水之欢。她抬头看着帕西菲卡,后者发现她眼睛比以往更有神了,目光也更为柔和了。

"你应该多下下水,"帕西菲卡说,"你在屋子里待太久了。"

她跑回水里,来来回回地游了很多趟。海水变蓝了,也比之前汹涌了许多。帕西菲卡有一次中途在一块巨大而平坦的岩石上歇息,这岩石是退潮后才现出水面的。晨光熹微,她正好逆着光。科波菲尔德太太想看却几乎看不见她,不一会儿,便睡着了。

一回到酒店,帕西菲卡就告诉科波菲尔德太太,自己要睡死过去。"我希望睡个十天十夜。"她说。

科波菲尔德太太看着她跌跌撞撞地沿着亮绿色的走廊走了,还不住地打着哈欠,困得脑袋一颠一颠的。

"我要睡两个礼拜。"她又甩了一句,然后进了房间,关上了门。在自己屋里,科波菲尔德太太想了想,还是决定给科波菲尔德先生打个电话。她下楼走到街上,街道仿佛在晃动,就如她刚来那天所看到的那般。有些人已经在自家阳台上坐着了,正往下瞅着她。一个非常瘦削的姑娘,穿着垂至脚踝的红色丝绸裙子,穿过马路朝她走来。那姑娘看上去年纪很轻,非常有活力。等她走近了,科波菲尔德太太猜测她是马来人。那姑娘径直走到她跟前,张口便是流利的英语,吓了她一跳。

"你去哪儿啦?头发全湿了。"她说。

"我跟一个朋友去游泳了。我们……我们早早就去海滩了。"科波菲尔德太太其实并不想说话。

"哪边的海滩?"那姑娘问。

"我不清楚。"科波菲尔德太太说。

"那你们是走过去的还是搭的车?"

"搭车。"

"我猜附近可能没有步行可至的海滩。"那姑娘说。

"是的,我也觉得没有。"科波菲尔德太太叹了口气,左右看了看。那姑娘紧紧黏着她走着。

"水凉吗?"那姑娘问。

"说凉也不凉。"科波菲尔德太太说。

"你和你朋友是裸泳吗?"

"是的。"

"那我猜周围没人啰?"

"没有,一个人也没有。你会游泳吗?"科波菲尔德太太问那姑娘。

"不会,"她说,"我总是离水离得远远的。"那姑娘嗓音很尖细,头发和眉毛的颜色都很浅。她很可能有点英国血统,但科波菲尔德太太不打算问。她转身面对着那姑娘。

"我要打个电话。附近哪里有电话?"

"去比尔·格雷餐厅吧。那里总是很凉快。我上午通常都在那边一杯接一杯地喝酒,到中午就醉得东倒西歪啦。那些游客对我很好奇。我一半是爱尔兰人,一半是爪哇人。他们打赌猜我到底是什么血统,答对的人得请我喝上一杯。猜猜我多大了?"

"谁知道呢。"科波菲尔德太太说。

"好吧,我十六了。"

"一看就是嘛。"科波菲尔德太太讽刺了一句。那姑娘看上去有些恼火。她们一言不发地朝比尔·格雷餐厅走去;到那儿后,那姑娘把科波菲尔德太太推进了门,一直推到餐厅中间的桌子旁。

"坐下,想点什么就点什么,我请。"那姑娘说。

她们头顶转着一台电风扇。

"这边挺不错吧?"她对科波菲尔德太太说。

"我要打电话。"科波菲尔德太太怕科波菲尔德先生几个小时前就到了,一直在焦急地等着她的电话。

"想打就去打呗。"那姑娘说。

科波菲尔德太太走到电话亭里,给她丈夫拨了个电话。他说他不久前才到,打算先吃个早餐,过后再同她在比尔·格雷餐厅会合。他听上去不太热情,也很疲惫。

那姑娘等她等得不耐烦,自己点了两杯古典鸡尾酒。科波菲尔德太太回到桌旁,一屁股坐到椅子上。

"早上我总是醒得很早,"那姑娘说,"如果有其他什么事可做的话,晚上都不想睡。我妈说我紧张得像猫一样,不过身体挺好。我去学过跳舞,但是太懒了,不想学那些步子。"

"你住哪儿?"科波菲尔德太太问。

"我一个人住酒店。我有很多钱。有个军队里的人爱上我了。他结婚了,但我死心塌地跟着他。他给我很多钱。他家里钱更多。你想要什么我都给你买。但别告诉这里的人我在你身上花钱。我从来不给他们买东西。我很烦他们,他们过的这叫什么日子啊。苦兮兮还糊里糊涂的,像群傻子一样!他们不懂什么叫隐私。我有两间房,可以让你住一间。"

科波菲尔德太太断然回复说不需要。她一点儿也不喜欢这姑娘。

"你叫什么名字?"姑娘问她。

"弗里达·科波菲尔德。"

"我叫佩姬——佩姬·格拉迪丝。你湿着头发,小鼻子还亮闪闪的样子真叫人喜欢。所以我才让你跟我喝一杯的。"

科波菲尔德太太被吓了一大跳。"快别让我难堪了。"她说道。

"嘀,我偏要让你难堪,小可爱。快,喝了这杯,我再给你点。兴许你饿了,来份牛排如何?"

那姑娘两眼放光,像个欲壑难填的女色情狂。她手腕上缠着一圈黑色丝带,上头戴着一块小小的模样可笑的手表。

"我住在拉斯帕拉马斯酒店,"科波菲尔德太太说,"跟那边的经理奎尔太太,还有一个名叫帕西菲卡的客人是朋友。"

"那酒店不行,"佩姬说,"有天晚上我和一群家伙去那里喝酒,我对他们说:'如果你们不立马掉头离开这地方,就别想再带我出来了。'那地方没啥品位,糟糕得很,而且脏得要命。你竟然住那儿。我住的酒店就好多了。有些美国人下船后,如果不去华盛顿大酒店,就会住那儿。格拉纳达大酒店。"

"对的,我们一开始就住那儿,"科波菲尔德太太说,"我先生现在在那里。我觉得那是我去过的最压抑的地方。拉斯帕拉马斯酒店比那儿好上千倍万倍。"

"兴许,"那姑娘失望地张大了嘴,"兴许你没仔细看。当然啰,我把自己的东西都摆在房间里,看上去就很不一样了。"

"你在那儿住多久了?"科波菲尔德太太问。她完全搞不懂这姑娘,也有点为她觉得可惜。

"我在那儿住了一年半了,感觉就像过了一辈子。我刚遇上军队里那男人时就搬进去了。他对我很好。我觉得我比他聪明一点,因为我是个女的。我妈告诉过我,女孩儿永远不会像男人那样蠢。所以我就随心所欲,想干吗干吗。"

那姑娘的脸蛋玲珑而清秀,下巴上有条美人沟,小巧的鼻子微微上翘。

"不瞒你说,"她说,"我有很多钱。想有多少就有多少。无论你想要什么,我都愿意买给你。你说话的样子,你左顾右盼的样子,你的举手投足,都让我喜欢。你很优雅。"她咯咯笑起来,用自己又干又糙的手握住了科波菲尔德太太的手。

"求你了,"她说,"对我好一点。我很少遇到自己喜欢的人。同一件事我绝不会做两次,真的。我好久好久都没邀请别人去过我房间了,一来我提不起兴趣,二来他们搞得到处都脏兮兮的。我知道你不会搞得到处脏兮兮的,因为我看得出来你出身很好,我喜欢受过良好教育的人,我觉得那棒极了。"

"我现在脑子里一团乱麻,"科波菲尔德太太说,"平常不这样的。"

"那就快刀斩乱麻!"那小姑娘蛮横地说道,"你和佩姬·格拉迪丝在一块儿,她请你喝酒。她为什么请你喝酒?因为她真心诚意想要请你喝酒。多么美妙的清晨啊。快打起精神来!"姑娘抓住科波菲尔德太太的袖子,摇起她来。

科波菲尔德太太仍沉浸在奇妙的梦境中,脑子里想的全是帕西菲卡。心里七上八下的,那电扇仿佛正对着她的心吹着。她就那样坐着,眼睛盯着前面,那姑娘说的话一个字也没听进去。

她搞不清自己这样出神了多久,等她再低头看时,前面的盘子里躺着一只龙虾。

"天哪,"她说,"我吃不了这个。我怎么可能吃得了这个。"

"我专门给你点的呀,"佩姬说,"还有啤酒呢。我叫人撤走了你的古典鸡尾酒,你连碰都没碰。"她从桌上探身过来,帮科波菲尔德太太把餐巾掖在了下巴下。

"吃吧亲爱的,"佩姬说,"你吃了,我就开心了。"

"你这是在干吗?"科波菲尔德太太埋怨道,"过家家吗?"

佩姬笑了起来。

"听着,"科波菲尔德太太说,"我先生马上过来了。看见我们一大早吃龙虾,他肯定会以为我们疯了。他可理解不了这种事。"

"那我们就赶紧吃完呗。"佩姬说。她有些伤感地看着科波菲尔德太太。"真希望他不要来,"她说,"你能打电话让他别过来吗?"

"不能。这不可能。而且我为什么要让他别来?我非常想见他。"在佩姬·格拉迪丝面前,科波菲尔德太太忍不住总想折磨折磨她。

"当然,你肯定想见他,"佩姬突然变得娴静羞赧起来,"他在时我会闭嘴的,我保证。"

"我偏偏不想你那样。他在时请你不要闭嘴。"

"好的好的,亲爱的,别这么紧张嘛。"

她们正吃着龙虾,科波菲尔德先生到了。他穿一身墨绿色的西装,看上去气色很好,脸上挂着微笑,开心地走向她们。

"你好呀,"科波菲尔德太太说,"见到你真高兴。你状态不错。这是佩姬·格拉迪丝,我们才认识。"

他同她握了握手,看上去很愉快。"你们这吃的是什么呀?"他问她们。

"龙虾。"她们回答说。他皱了皱眉。"哎呀,"他说,"你们会消化不良的,而且你们还喝啤酒!我的天啊!"他坐了下来。

"恕我直言,"科波菲尔德先生说,"这样很不好。你们吃过早饭了吗?"

"我不知道。"科波菲尔德太太故意说道。佩姬·格拉迪丝笑了起来。科波菲尔德先生挑起了眉毛。

"你当然知道啰,"他嘀咕着,"别犯傻了。"

他问佩姬·格拉迪丝是哪里人。

"巴拿马人,"她回答说,"但我有一半爱尔兰血统,一半爪哇血统。"

"这样啊。"科波菲尔德先生说,他还在对她笑着。

"帕西菲卡在睡觉。"科波菲尔德太太冷不丁说道。

科波菲尔德先生又皱了皱眉。"是吗?"他说,"你还打算回那边吗?"

"不然你以为呢?"

"没必要继续在这里待着了,我们该收拾了。我已经在巴拿马打点好了,明天就可以出发。今天晚上我得给他们打个电话。我摸清了中美洲各个国家的状况。在哥斯达黎加我们或许可以住在某个类似牧场的地方。有人告诉我的。那地方很偏,得坐船去。"

佩姬·格拉迪丝听得有点不耐烦。

科波菲尔德太太用手捂住了头。

"想象一下,牛群上方飞舞着红蓝相间的金刚鹦鹉,"科波菲尔德先生笑道,"拉丁美洲的得克萨斯。是不是棒呆了!"

"牛群上方飞舞着红蓝相间的金刚鹦鹉。"佩姬·格拉迪丝重复着他的话。"什么是金刚鹦鹉?"她问。

"红蓝相间的鸟儿,很大,长得跟普通鹦鹉差不多,"

科波菲尔德先生说,"既然你们都吃上了龙虾,我也来个冰激凌好了——上面再加层奶油。"

"他蛮不错嘛。"佩姬·格拉迪丝说。

"听着,"科波菲尔德太太说,"我有些不舒服,等不了你吃完冰激凌了。"

"很快的。"科波菲尔德先生说。他看着她:"肯定是吃了龙虾的缘故。"

"或许让我把她带回我住的格拉纳达大酒店比较好,"佩姬·格拉迪丝欣然起身,说道,"她在那儿会很舒服的。等你吃完冰激凌再过来。"

"这主意不错,你不觉得吗,弗里达?"

"不觉得,"科波菲尔德太太抓紧了脖子上的项链,激动地说,"我想我还是直接回拉斯帕拉马斯酒店好了。我一定要回去。我一定要马上回去……"她心里很乱,以至于站起来后忘了拿包和围巾,直接就往门口走。

"喂,你东西都忘拿了。"科波菲尔德先生朝她喊着。

"我来拿,"佩姬·格拉迪丝叫道,"你好好吃你的冰激凌,待会儿过来。"她追上科波菲尔德太太,两人沿着热得让人透不过气的街道,朝拉斯帕拉马斯酒店跑去。

奎尔太太站在门口,喝着一瓶什么东西。

"晚饭前我都只喝樱桃汽水,滴酒不沾。"她说。

"啊,奎尔太太,快跟我回房间!"科波菲尔德太太说着抱住奎尔太太,深深叹了一口气。"科波菲尔德先生回来了。"

"为什么不让我跟你上楼呢?"佩姬·格拉迪丝说,"我答应过你先生,会照顾好你的。"

科波菲尔德太太猛一转身。"安静!"她死死盯住佩姬·格拉迪丝,喊道。

"好了,好了,"奎尔太太说,"别吓着小姑娘。我们得给她一块蜂蜜面包才能让她安静。当然啰,我在她那么大时,一块蜂蜜面包可打发不了我。"

"我没事,"佩姬·格拉迪丝说,"您能带我们去她房里吗?她得躺下来。"

这个小姑娘坐在科波菲尔德太太床边,手放在她额头上。

"我很难过,"她说,"你看上去糟透了。真希望你不要这么不开心。现在非得想这些吗?以后有的是时间。有时你只需要把事情放一放……我不是才十六岁,我十七了。我觉得自己像个孩子。好像只有当别人以为我很小时,我才有话可说。也许我还太嫩了,这让你不喜欢。你脸色发青,看上去都不美了。之前可好看多了。等你先生来了,我带你出去坐车兜兜风怎么样?我妈妈死了……"她轻声说道。

"听着,"科波菲尔德太太说,"请你先离开……我想自个儿待着。你等会儿再来吧。"

"我什么时候过来呢?"

"我不知道。等会儿过来。懂不懂？我不知道。"

"好吧，"佩姬·格拉迪丝说，"要不我就下楼和那个胖女人聊会儿天，或者喝点酒。等你好了再下来。我这三天都没事。你真的想要我走吗？"

科波菲尔德太太点了点头。

那姑娘不情不愿地走了。

她关上门后，科波菲尔德太太便发起抖来。她抖得很厉害，床都跟着摇晃了。她即将要做自己想做的事了，但却如原来一般备受煎熬，因为那并不会让她开心。她没有勇气停止做自己想做的事。她清楚这不会使她开心，因为只有疯子的梦境才会变作现实。她满以为自己只想着重现梦境，却身不由己，愈行愈远，最终被这噩梦完全摧毁。

科波菲尔德先生蹑手蹑脚地走进房间。"你现在感觉如何？"他问。

"我没事。"她说。

"那小姑娘是谁？她长得很好看——我是说从观赏的角度看。"

"她叫佩姬·格拉迪丝。"

"她英语挺好，是吧？还是说我搞错了？"

"她说得很好。"

"你这两天过得好吗？"

"这辈子从来没这么开心过。"科波菲尔德太太说着，几乎啜泣了起来。

"我也挺开心,在巴拿马四处转悠。但我的房间一点也不舒服。吵死了。都没法睡觉。"

"为什么不在一家好一点的酒店里订一个好一点的房间呢?"

"唉,你知道的,我不喜欢花钱,总觉得不值当。也许还是该花,也该喝点酒,这样能过得舒坦点。可惜我没有。"

两人都没说话。科波菲尔德先生用手指敲着桌面。"我觉得我们今天晚上就该离开,"他说,"而不是继续待在这儿。这儿消费太高了,下一艘船还要好多天后才出发。"

科波菲尔德太太没有吱声。

"我说得没错吧?"

"我不想走。"她在床上翻了个身,说道。

"什么?"科波菲尔德先生问。

"我不能走。我想待在这儿。"

"待多久?"

"我不知道。"

"哪有这样安排行程的?兴许你根本就不想好好安排行程吧。"

"我……我会安排的。"科波菲尔德太太含糊其词。

"你会吗?"

"不，不会。"

"随你便，"科波菲尔德先生说，"反正不去中美洲看看，你错过的可不止一点点。在这儿你肯定会待烦的，除非喝酒。很有可能你会喝起酒来。"

"要不你去，等看够了再回来？"她建议道。

"我不会回来了，因为我不想看到你，"科波菲尔德先生说，"你真是个神经病。"他说着抓起桌子上的一个空罐子，一把扔出窗外，然后走了。

一小时后，科波菲尔德太太下楼来到酒吧里。她看到帕西菲卡在那儿，又惊又喜。虽然她脸上抹着厚厚的粉，但看上去仍很疲惫。她坐在一张小桌子边，手上拿着包。

"帕西菲卡，"科波菲尔德太太说，"我不知道你已经醒了。我还以为你肯定在房里睡觉呢。见到你真高兴。"

"合不上眼啊。我睡了十五分钟，就合不上眼了。有人来找我。"

佩姬·格拉迪丝走到科波菲尔德太太身边。"你好呀，"她说着用手撩起了科波菲尔德太太的头发，"准备好跟我去兜风了吗？"

"兜什么风？"科波菲尔德太太问。

"跟我一起坐车去兜风啊。"

"没有，我没准备好。"科波菲尔德太太说。

"那你什么时候才能准备好呢？"佩姬·格拉迪丝问。

"我要去买几双袜子，"帕西菲卡说，"科波菲尔德，你跟我一起吗?"

"好的。我们走吧。"

"你先生离开酒店时看上去气冲冲的,"佩姬·格拉迪丝说,"你们没吵架吧?"

科波菲尔德太太已经起身同帕西菲卡一起往外走了。"失陪。"她扭头对佩姬·格拉迪丝喊了一句。佩姬呆住了,站在那儿看着她们的背影,像只受伤的小动物!

外头热得很,游客中的女人们,无论多么保守,都纷纷脱去帽子,用手帕擦去额头上沁出的汗,她们的脸蛋和胸前都晒得红扑扑的。为了避暑,大多数人躲进小小的印度店铺里。如果店里人不多,售货员就会让她们坐在椅子上,舒舒服服地看上二三十件和服。

"真热啊!"帕西菲卡用西班牙语感叹道。

"别管袜子了,"科波菲尔德太太感觉自己要热晕了,"喝啤酒去。"

"要不你自个儿去喝吧。我得买袜子。女人光腿实在是太可怕了。"

"不行,我要和你一起。"科波菲尔德太太牵起帕西菲卡的手。

"哎呀!"帕西菲卡喊了一声,松开了手。"亲爱的,我们俩都黏糊糊的。""老天啊!"她又用西班牙语加上一句。

帕西菲卡领着科波菲尔德太太进的那家店非常小，店里比街上还热。

"看吧，这儿可以买到很多东西，"帕西菲卡说，"我来这儿是因为卖东西的人认识我，一点点钱就可以买到袜子。"

帕西菲卡买袜子时，科波菲尔德太太就看看店里其他的东西。帕西菲卡磨磨蹭蹭拖了很久，科波菲尔德太太越来越无聊，有些不耐烦地来回换着脚，站在旁边看着。帕西菲卡仍在不停地讲价，胳肢窝底下都汗湿了，鼻翼上也沁出汗来。

终于谈妥后，科波菲尔德太太见售货员开始打包，便走过去，付了钱。售货员祝她好运，她们就从店里走了。

酒店里有她的一封信。奎尔太太递给了她。

"科波菲尔德先生给你的，"她说，"我留他喝杯茶或喝点啤酒，但他急着要走。他长得挺帅的。"

科波菲尔德太太拿了信，朝酒吧走去。

"你好呀，小可爱。"佩姬·格拉迪丝轻声说道。

科波菲尔德太太看得出佩姬喝多了。她散乱的头发遮住了脸，目光呆滞。

"也许你还没准备好……但是我等得起。我就喜欢等。我一点儿也不介意一个人待着。"

"稍等，我才收到我先生给我的信，得先读一下。"科波菲尔德太太说。

她坐下来，撕开了信封。

亲爱的弗里达（她读道）：

我无意指责，只是借此向你点明你的弱点；而且我真诚希望我所写的能够对你有所影响。和大多数人一样，你这辈子都受困于某种恐惧情绪。你的人生，总是在逃离那最初的恐惧，再逃向那最初的希望。你这样处处防备，小心最后总是回到原点，毫无进步。我建议你不要终日与那些你认为生活中必不可少的东西相伴，不管这些东西是否真的有趣，还是仅仅在你看来如此。我认定，只有那些能够不断与自己内心新产生的恐惧抗争的人——而非一而再再而三被最初的恐惧绊住的人——才是成熟的。那些不断进步的人，可不是站着不动的。想要进步，就得丢下一些东西，而这恰恰是大多数人不乐意去做的。你所遭受的第一次伤痛跟着你，就像一块磁石，因为你体会到的一切柔情体贴都将与此有关。你这辈子都得带着这伤痛，但你的人生不能围绕着它展开。你必须放弃寻找各种只能掩饰这种伤痛的东西。你还以为它们各自不同，多种多样，但其实都是一回事。如果你只想混日子般过完这一辈子,那这封信对你而言也许没什么用。你自个儿好好想想吧!你还是有机会见到船只驶离港口那美妙的情景的。

J. C.

科波菲尔德太太的心怦怦直跳,她将信揉作一团,不住地摇头。

"除非你让我烦你,不然我是绝不会烦到你的。"佩姬·格拉迪丝说——这话不像是对任何人说的。她的目光从天花板游移到墙上,自顾自笑了起来。

"她在读信,她老公写给她的,"她任由手臂重重地落在吧台上,说道,"而我呢,我不想要什么老公,永远永远永远都不要。"

科波菲尔德太太站了起来。

"帕西菲卡,"她喊道,"帕西菲卡!"

"谁是帕西菲卡?"佩姬·格拉迪丝问,"我倒想见见她。她和你一样漂亮吗?叫她上这儿来……"

"漂亮?"酒保笑了,"漂亮?她们没一个漂亮的。都是老女人了。你才漂亮呢,虽然你醉成这副鬼样子。"

"亲爱的,带她来这儿。"佩姬·格拉迪丝说着,头垂到了吧台上。

"喂,你那朋友两分钟前就离开了。她去找帕西菲卡了。"

第三部 **PART THREE**

几个月后，戈林小姐、加默隆小姐和阿诺德已经在戈林小姐选定的房子里住了将近四个礼拜了。

情形比加默隆小姐预想的更为糟糕。她这人没什么想象力，而现实往往比她做过的最吓人的噩梦还要可怕。比起搬家前，她现在对戈林小姐的怨愤更深了，情绪很差，无时无刻不抱怨自己过的是什么苦日子，还总威胁说要一走了之。房子后面是一个小土坡，长着些灌木丛；越过山坡，沿着一条小径再穿过一片灌木，很快便到了林子里。房子右边有一片田野，夏天开满了雏菊。这田野本来挺令人赏心悦目的，可惜正中躺了一台锈迹斑斑的汽车发动机。前廊已经破损坍塌，屋外就没什么地方好让人休息。于是他们三个人都习惯了挨着厨房门坐着，借房子来挡挡风。加默隆小姐一来就感冒了，至今未愈。房子里根本没有暖气——全靠几个小油炉取暖。虽然这才刚刚进入秋天,有些时候天已经很冷了。

阿诺德回自己家的次数越来越少了,他越来越习惯从戈林小姐家出发,坐上小火车,再转渡轮,去城里工作。下班后又回来吃晚饭,然后在岛上睡一夜。

戈林小姐任由他来去。他着装越来越随意,上个礼拜有三天,索性连办公室都不去了。加默隆小姐为此还大发了一通脾气。

一天,阿诺德待在小阁楼里,加默隆小姐和戈林小姐正坐在厨房门边,沐浴在午后阳光中,暖暖身子。

"楼上那个懒鬼,"加默隆小姐说,"迟早一天班也不会去上的。他到时候肯定就搬过来,除了吃和睡,什么也不做。用不了一年,他就会胖得像头大象,到时你赶都赶不走他。谢天谢地,我那时估计就不在这儿了。"

"你真的认为他一年内就能胖成那个样子?"戈林小姐问。

"那还用说!"加默隆小姐回答。突然一阵风把厨房门吹开了。"啊,烦死了。"加默隆小姐非常恼火,起身去关门。

"况且,"她接着说道,"谁听说过一个男人和两位女士同住一个屋檐下的,还空不出房间,只能让他和衣睡在沙发上!走过客厅时见他一天到晚在那儿,要么醒着要么睡着,一副无所事事的样子,真是让人倒胃口。只有懒鬼才愿意这么活着呢。他甚至懒得向我们俩献殷勤,如果你对男人的生理构造稍有认识的话，就得承认这多么不合常理。当然啰，他根本算不上个男人——他就是头大象。"

"我倒觉得，"戈林小姐说，"他没那么庞大。"

"反正我跟他说了，让他到我房间休息，我再也受不了他待在那沙发上了。至于你嘛，"她对戈林小姐说，"我认为你是我这辈子见过的最麻木不仁的人。"

这阵子，加默隆小姐非常担心——虽然她不愿承认这点——戈林小姐怕是得了失心疯。她看上去更瘦了，紧张兮兮的，还包揽了大部分的家务活儿。总是在打扫卫生，不停地擦那些门把手和银器；试遍了各种方法，就是为了在不买任何所需物品的情况下，让这房子可以住人；过去这几周她突然变得像个守财奴，从银行取出的钱刚刚足够他们勉强度日。与此同时，她似乎毫不在意阿诺德吃白饭——他几乎从未主动提出要分担一点生活费用。确实，自己家那份钱他还在出着，这让他没有多少余钱干其他事了。这一点让加默隆小姐大为光火，因为尽管她想不明白，戈林小姐为何非得只拿出不到收入的十分之一来过活，但她已然适应靠这点钱维持生计了，恨不能一分钱掰成两半花。

她们这样静静地坐了几分钟。加默隆小姐在心里细细琢磨着这些事，突然一个瓶子砸到她头上，破了，她身上满是香水，额头上方还被划出个很深的口子。血流如注,她用手捂住了眼睛。

"我没想到会打出血来,"阿诺德将身子探出窗外,说道,"只是想吓她一下的。"

虽然戈林小姐越来越认为加默隆小姐是邪恶的化身,这时还是赶紧关切起她的朋友来。

"天哪,让我给你的伤口消消毒。"她走进屋,经过站在走廊里的阿诺德。他手扶着门,打不定主意是该待在这儿还是出去。戈林小姐拿着药下来时,阿诺德已经不见了。

天快黑了,加默隆小姐头上缠着绷带,站在房子前面。从她站的地方能看到树丛之间的大路。她脸色煞白,眼睛因为哭过而肿了起来。她哭是因为这是她这辈子第一次挨打。她越琢磨这事,越觉得严重;现在她站在这房子前,生平第一次感到害怕。她离家太远了!有两次,她都已经开始收拾东西准备离开,但最后都放弃了。她没办法丢下戈林小姐,在心底深处,她对戈林小姐怀有很深厚的感情——虽然她自己都没意识到这一点。加默隆小姐进屋时,天已经黑了。

阿诺德还没回来,戈林小姐很着急——虽然她还是像起先那般对他无甚好感。她也在夜色中站了差不多一个小时。她感到焦虑不安,没办法好好待在房子里。

她还在外头时,加默隆小姐坐在客厅里,眼前是空空的壁炉，她觉得上帝的愤怒全部倾泻在了自己头上。这个世界，还有这世上的人，倏忽间都变得难以理解了。她觉得自己怕是就要这么失去与世界的联系了——这种感觉难以描述。

每次她扭头看向厨房，见戈林小姐那黑色的身影仍伫立在门前，她的心就又下沉一点。终于，戈林小姐进来了。

"露西！"她喊道。她嗓音清晰，调子比往常高一点。"露西，我们去找找阿诺德吧。"她坐到加默隆小姐对面，脸上神采奕奕的。

加默隆小姐说："怎么可能。"

"哎呀，"戈林小姐说，"毕竟，他住在我家里呀。"

"是的，他是住这儿。"加默隆小姐说。

"住同一屋檐下的人，"戈林小姐说，"就应该彼此照应。人们都这么做，不是吗？"

"人们会更留心，该让什么人跟他们住同一屋檐下。"加默隆小姐又打起了些精神，说道。

"我不这么认为。"戈林小姐说。加默隆小姐长叹一声，站了起来。"算了，"她说，"反正很快我又能回到正常人中间了。"

她们顺着林子里的一条小路找，从这边抄近路去最近的镇子只需要不到二十分钟。戈林小姐听到奇怪的声音就尖叫，一路上都紧紧拽住加默隆小姐的毛衣。加默隆小姐一脸不悦,建议她们回来时走大路。

终于,她们出了林子,沿着主干道走了一小会儿。道路两边都是饭店,主要为来往车辆提供餐饮。戈林小姐看见阿诺德坐在其中一家靠窗的位置上,正吃着三明治。

"阿诺德在那儿,"戈林小姐说,"快过来!"她牵起加默隆小姐的手,几乎是连蹦带跳地朝饭店走去。

"太好了,简直让人难以置信,"加默隆小姐说,"他又吃了起来。"

店里热得不行。她们脱了毛衣,和阿诺德坐到了一起。

"晚上好,"阿诺德说,"没想到能在这儿见到你。"这话他是对着戈林小姐说的,他故意躲着不去看加默隆小姐。

"好了,"戈林小姐说,"你想解释解释吗?"

阿诺德刚刚咬了一大口三明治,没法回答她,但朝她翻了个白眼。他的腮帮子鼓成这样,根本看不出是不是生气了。见此状,加默隆小姐气坏了;但戈林小姐只是坐在那儿,朝他们俩微笑着。她很高兴又能和这两人待在一起了。

终于,阿诺德咽下了满嘴的食物。

"我没什么好解释的,"他对加默隆小姐说,现在他嘴里没东西,看上去确实是一副不满的样子,"你那么讨厌我，还跟戈林小姐说三道四的，你该好好跟我道歉才对。"

"我想讨厌谁，就讨厌谁，这难道还犯法不成？"加默隆小姐说，"而且我们住在一个自由的国度，我要是愿意，去街头巷尾说也没人管。"

"你根本不了解我，就讨厌我。反正你冤枉我了，任何男人听了都会生气的。我就是生气了。"

"那好呀，你搬出去呀。反正没人愿意你住在那儿。"

"这话可不对。我敢说，戈林小姐还是愿意我住在那儿的，对不对？"

"是的，阿诺德，我当然愿意。"戈林小姐说。

"还有没有天理了，"加默隆小姐说，"你们俩都这么不可理喻。"她挺直腰杆，阿诺德和戈林小姐都盯着她头上的绷带看。

"那什么，"阿诺德擦了擦嘴，把跟前的盘子推开，说道，"肯定有什么法子可以让我们两个都住在那房子里的。"

"你怎么对那房子这么有感情呢？"加默隆小姐冲着他喊，"你在那里时，除了瘫在客厅睡大觉，还干啥了？"

"那房子让我感到自由。"

加默隆小姐看着他。

"你的意思是成全了你这身懒骨头吧。"

"你看这样行吗，"阿诺德说，"我在晚上和上午用客厅，其他时间都归你。"

"行啊，"加默隆小姐说，"我同意，但你得保证整个下午都不踏入客厅一步。"

回家的路上，加默隆小姐和阿诺德都很满意双方达成了这个协议。两人都认为自己占了便宜，加默隆小姐已经在心中默想该如何在客厅度过美妙的午后时光了。

到家后，她立马上楼去睡了。阿诺德和衣在沙发上躺下，拉过一块针织毯子盖在身上。戈林小姐坐在厨房里。不一会儿，她听见客厅里传来啜泣声。她走进去，发现阿诺德正用袖子蒙住脸哭着。

"阿诺德，你这是怎么了？"

"我也不知道，"阿诺德说，"被人讨厌的感觉太难受了。也许我还是离开为好，回自己家去。但我最不想做的事就是回家了。我讨厌房地产那档子事，我也不想她生我的气。你能不能跟她说一下，我只是需要一点时间调整调整状态——请她耐心等一等？"

"当然可以，阿诺德，我明天一早就跟她说。也许你明天去上班的话，她会对你有所改观的。"

"你真这么认为吗？"阿诺德激动地猛然坐直，问道，"那我就去。"他起身叉开双脚站在窗边。"我要调整一下自己的状态，在此期间我真的受不了有人讨厌我，"他说，"而且你知道的，我很爱你们两个。"

第二天晚上，阿诺德给戈林小姐和加默隆小姐每人带了一盒巧克力。回到家时,他惊讶地发现,他父亲在那儿。他坐在壁炉边的一把高背椅上,正喝着茶——头上还戴了一顶报童帽。

"阿诺德,我过来看看你将这两位小姐照顾得如何。她们看起来就是住在狗窝里嘛。"

"父亲,作为客人登门拜访,你是不是不应该说这种话。"阿诺德沉着脸递给她们俩一人一盒糖,说道。

"我亲爱的儿子啊,就因为我年纪大,很多话都能说了。你可记住了,你们在我眼中都是孩子,包括这边这位公主。"他用拐杖勾住戈林小姐的腰,把她拉向自己。她从没想过,自己还能见到他这般嬉闹打趣。在她眼中,比起他们见面那天晚上,他现在显得更小、更瘦了。

"说说看,你们这群小疯子在什么地方吃饭啊?"他问他们。

"我们有一张方桌,"加默隆小姐说,"就在厨房里。有时也会摆在壁炉前面,但还是嫌冷。"

阿诺德的父亲清了清嗓子,没说什么。加默隆小姐开口说话,似乎让他有些不悦。

"好吧,你们都疯了,"他看着他儿子和戈林小姐说,目光故意躲开加默隆小姐,"但我支持你们。"

"您夫人呢?"戈林小姐问他。

"在家吧,我想,"阿诺德的父亲说,"愁得像根酸黄瓜一样,尝起来味道也差不多。"

听到这话,加默隆小姐咯咯笑了起来——她就乐意听这种俏皮话。看到她情绪好了一些,阿诺德很开心。

"跟我出去吧,"阿诺德的父亲对戈林小姐说,"走入和风煦日中,亲爱的——或许应该说,走入微风柔月中,但是千万不要忘了加上'亲爱的'三个字。"

他们一同出了房间,阿诺德的父亲领着戈林小姐往田野里走了一小段。

"你知道吗,"他说,"我决定重拾孩童时的一些爱好。比方说吧,我年轻时很喜欢大自然。坦白说,我准备抛却一些旧习,丢掉一些过去怀有的抱负,重新享受大自然带来的乐趣——当然,前提是你愿意陪伴我左右。这是关键。"

"乐意至极,"戈林小姐说,"但需要我做什么呢?"

"需要你,"阿诺德的父亲说,"像一个真正的女人那样关心我,捍卫我说的每一句话,做的每一件事。必要时也会责备我——不过稍稍说个几句而已。"他用冰冷的手握住戈林小姐的手。

"我们进去吧,"戈林小姐说,"我想进屋了。"她拽了拽他的胳膊,但他一动不动。她意识到,他虽然看上去那么老派,那顶报童帽也让他显得有些可笑,但还是非常强壮的。她心里纳闷,怎么见面那天晚上他显得那么气度不凡呢?

她半开玩笑半认真地更加使劲拽起他的胳膊来,一不小心指甲划到了他手腕内侧，出了点血，这让阿诺德的父亲大为慌张，他立马跌跌撞撞地穿过田野，全速朝房子跑去。

晚些时候，他向所有人宣布，自己打算在戈林小姐家住一宿。他们生起一堆火，围坐在一起。其间，阿诺德睡过去两次。

"母亲要担心坏了。"阿诺德说。

"担心？"阿诺德的父亲说，"天亮以前她可能就会突发心脏病而死。但这可不就是人生吗？如一缕轻烟，一片树叶，一支火光转瞬即逝的蜡烛。"

"别装出一副玩世不恭的样子，"阿诺德说，"也不要因为有女士在场，就装得云淡风轻、无忧无虑的。你是那种顾虑重重的人，自己清楚得很。"

阿诺德的父亲干咳了一声，显得有些紧张。

"我倒不这么认为。"他说。

戈林小姐把他领到楼上自己的卧室里。

"希望你睡个好觉，"她对他说，"我随时欢迎你来家里。"

阿诺德的父亲指了指窗外的树。

"噢，夜晚啊，"他说，"柔嫩若少女的脸颊，神秘如静思的猫头鹰，如东方的国度，如苏丹那缠着头巾的头颅。伏案时，我疏远了您许久，忙于各种杂务；如今我决定将其通通抛却，只为与您亲近。请接受我的歉意，把我当作您的儿女吧！看到了吗？"他对戈林小姐说，"我的人生翻开了怎样崭新的一页。我觉得我们俩现在心意相通了。你可千万不能认为人只有一面。我那天晚上跟你说的话都是错的。"

"是吗？"戈林小姐有些失望，说道。

"是的，我现在想要成为一个全新的自己，改头换面，脱胎换骨。这是个不错的开端。如俗话所说，讨了个好兆头。"

他摊开手脚睡在床上，在戈林小姐眼皮底下进入了梦乡，很快便打起了呼噜。她给他盖上被子，带着一头雾水离开了房间。

下楼后，她回到了在烤火的另外两人身边。他们在喝茶，里头加了点朗姆酒。

加默隆小姐看上去很惬意。"世上最让人放松的事莫过于此了，"她说，"也多少熨平了点生活中的不顺。阿诺德在跟我讲他在他叔叔公司里的情况呢。如何从一个送信的一路高升，现在已然是公司里的王牌销售之一了。我们光是坐在这儿，就感到相当愉快。我认为阿诺德很有商业头脑，只是一直跟我们藏着掖着的。"

阿诺德看上去有点不安，他仍然唯恐戈林小姐会感到不快。

"明天加默隆小姐和我要去找找看岛上有没有高尔夫球场。才发现我们俩都喜欢打高尔夫。"他说。

戈林小姐理解不了，阿诺德为何会突然转变态度。仿佛他刚刚到达一家夏日酒店，迫不及待地安排起假期来。加默隆小姐也让她颇感意外，不过她没说什么。

"打打高尔夫会对你有点好处的，"加默隆小姐对戈林小姐说，"兴许一个礼拜你就恢复正常了。"

"那什么，"阿诺德带着歉意说道，"她可能不感兴趣。"

"我讨厌运动，"戈林小姐说，"甚于任何其他东西。运动让我强烈地感觉到自己是个罪人。"

"恰恰相反，"加默隆小姐说，"运动最不可能给你的，就是这种感觉。"

"别这么无礼，我亲爱的露西，"戈林小姐说，"毕竟我密切关注着自己内心的变化，比起你，我更了解我自己的感受。"

"运动，"加默隆小姐说，"绝对不可能让你觉得自己是个罪人。不过，更有意思的是，你坐下来聊天不超过五分钟，准会讲出点什么奇怪的东西。不得不说，你真是精于此道，令人佩服。"

第二天早晨，阿诺德的父亲下楼来，衬衫领子敞着，也没穿背心。他稍稍弄乱了头发，看上去像个上了年纪的艺术家。

"母亲该怎么办才好啊？"吃早饭时，阿诺德问他。

"嗬!"阿诺德的父亲说,"你还好意思自称艺术家,连抛妻弃子、一走了之都不会。艺术家的魅力就在于如孩子般无拘无束。"他用手碰了碰戈林小姐的手。她忍不住回想起他到她卧室那天晚上说的那一通话,和现在所说的根本就是自相矛盾。

"如果你的母亲渴望活,便能活,只要她愿意像我一样放弃一切。"他又说道。

眼前这位老人让加默隆小姐感到有些尴尬,最近他的人生似乎发生了某些重大的变化。不过,她对他也没有多少兴趣。

"不过,"阿诺德说,"我想你还是会给她钱付房租吧。我的那一份不会断。"

"当然了,"他父亲说,"我从来都是个体面人,虽然不得不说,这份责任压着我,就像在我的脖子上套上了枷锁。现在,"他继续说道,"我出去采购今日所需吧。我感觉自己能以百米冲刺的速度行动。"

加默隆小姐皱起眉,寻思戈林小姐会不会让这个疯老头住在已经很拥挤的家里。他很快就出发去镇子里了。他们在窗边招呼他赶紧回来穿上外套再走,但他朝天空摆了摆手,头也不回地拒绝了。

下午,戈林小姐在厨房门前来来回回地踱着步,认真思考了许久。于她而言,这所房子已经成了一个熟悉而温馨的所在,她已经把这儿当成自己家了。她认为现在有必要往小岛另一端走走,在那儿她可以坐渡轮回到对面的大陆。她心里很抗拒这么做,因为清楚旅途将非常不愉快;她越考虑这件事,越觉得生活在这小房子里舒适得很——想到最后,甚至觉得这日子无比快活了。为了确保自己当天晚上就能出发,她回到卧室,放了五十美分在书桌上。

晚饭后,她宣布自己将独自坐火车出行;听闻此言,加默隆小姐气得哭了起来。阿诺德的父亲说他觉得这想法很棒,用他的话说,这是踏上"驶入未知的列车"。加默隆小姐见他还怂恿起戈林小姐来,便再也控制不住自己,跑回了房间。阿诺德赶紧也下了桌,吃力地追着她爬上了楼。

阿诺德的父亲恳请戈林小姐允许自己跟着她去。

"这次不行,"她说,"我必须独自前往。"阿诺德的父亲嘴上说自己非常失望,但看上去仍旧挺兴奋——似乎什么也影响不了他的好心情。

"唉,"他说,"像这样走入夜色,正是我所追寻的,你不让我陪你去,怎么忍心呢?"

"我并不是因为好玩才去的,"戈林小姐说,"而是必须要去。"

"无论如何,让我再求你一次,"阿诺德的父亲没理会这话的言外之意,艰难地跪了下来,说道,"我求你,带我去吧。"

"啊，请别这样，"戈林小姐说，"请不要让我为难。我心肠软。"

阿诺德的父亲一跃而起。"好的好的，"他说，"我不会为难你的。"他亲了亲她的手腕，祝她好运。"你觉得那对'鸳鸯'会跟我说话吗？"他问她，"还是说，他们一晚上都要待在一起？我可不想孤零零一个人。"

"我也不想你一个人，"戈林小姐说，"去敲他们的门，他们会跟你说话的。再见了！"

戈林小姐打算沿着主干道走，这个时间天已经很黑了，没法穿过林子。下午那会儿，她还跟自己说，这样能节省点时间；后来回过神来，觉得光是有这个念头，就蠢得不行。外头很冷，风也很大，她把身上的披肩拉紧了些。她仍然喜欢羊毛披肩，虽然已经过时很多年了。戈林小姐抬头看着天空，她在找星星，急切地想要寻见几颗。她静静站了许久，还是搞不清这是否是一个星光之夜，因为尽管她的眼睛一直仔细盯着天上，那些星星却倏忽出现又很快消失，仿佛她看到的根本不是星星，只是自己的幻觉。她想了想，认为这不过是因为云层飞速掠过天际，星星一下子被遮住，一下子又露出来罢了。她继续上路，朝车站走去。

她惊讶地发现已经有八九个孩子先于她到了，每人手里都举着一面很大的蓝金相间的代表学校的旗帜。这群孩子不怎么说话，但是跳个不停——先是重重地踩在一只脚上,然后换另一只。他们同时做这个动作,弄得小小的木头站台晃得厉害,戈林小姐不知是否该叫孩子们注意一点。但是很快,火车进站,大家都上车了。戈林小姐在一个座位上坐下,隔着过道的是一个胖胖的中年妇女。除了那群孩子,她和戈林小姐是车厢里仅有的乘客。戈林小姐饶有兴趣地打量着她。

她戴着帽子和手套,坐得笔挺。右手拎着一个又长又薄的包裹,看上去像个苍蝇拍。这女人直直地盯着前方,脸上的表情毫无变化。旁边的座位上还整整齐齐地码着她的其他包裹。戈林小姐看着她,希望她也是去小岛另一边的。火车开动了,那女人用空着的手压住旁边的包裹,以防它们滑下座位。

那些孩子几乎都挤到两个座位上,没挤上去的也宁可不坐,围着这两个座位站着。不久,他们唱起了歌——都是些赞美自己学校的歌。唱得很糟糕,戈林小姐简直要受不了了。她起身想赶紧去制止他们,没留心火车猛地一动,匆忙中被绊了一脚,栽倒在唱歌的孩子们旁边。

虽然下巴磕出血了,她还是勉强站了起来。她先是让那些小孩别唱了,他们都盯着她看。然后,她扯出一方小小的蕾丝手帕,开始擦下巴上的血。很快,火车停了,那些小孩下了车。戈林小姐走到车厢前头,用纸杯接了一杯水。她在昏暗的过道里擦下巴上的血时有些紧张,不知道那位拿苍蝇拍的女士是否还在车上。回到座位后，她放心了——那位女士还在那儿。她还拿着那苍蝇拍，但是头转到了左边，眼睛盯着小小的站台。

"我想，"戈林小姐暗自思量，"我换下座位，坐到她对面去，应该也没什么要紧的。毕竟，在这样一列驶向郊外的火车上，女人们彼此靠近，这再自然不过了——况且还是在这么小的一个岛上。"

她轻手轻脚地坐到那女人对面的座位上，还在擦着自己的下巴。火车又开动了，那女人愈加认真地盯着窗外看，以便不与戈林小姐的目光相遇——对有些人来说，戈林小姐还是有点让人感到不安的。也许是因为她那张红红的总是显得很兴奋的脸，还有她奇怪的着装。

"真高兴那些孩子走了，"戈林小姐说，"现在火车上总算舒服了。"

外面下雨了，那女人拿额头顶住窗玻璃，紧紧盯着上头斜斜挂着的雨滴。她没有理会戈林小姐。戈林小姐又开口了——她习惯于逼着别人同她聊天，在与人打交道方面她可是从不发怵。

"您去哪儿？"戈林小姐问，一来是因为她的确想知道那女人是不是去小岛的另一边；再者，她觉得这问题可能会让对方放下戒备。那女人端详着她。

"回家。"她敷衍了一句。

"您住这岛上吗？"戈林小姐问她。"这儿很迷人。"她又说道。

那女人没答话,而是开始将所有包裹往手上揽。

"您到底住哪儿呀?"戈林小姐问。女人四处张望起来。

"格伦代尔。"她迟疑着说。虽然戈林小姐对别人的侮慢轻视并不敏感,但这次也听出来了那女人在骗她。这让她感到很受伤。

"您为什么要骗我呢?"她问,"我向您保证,我和您一样,是个正派人。"

那女人终于鼓足勇气,看上去也镇定了许多。她直视着戈林小姐的眼睛。

"我住格伦代尔,"她说道,"一辈子都住那儿。现在是去拜访一位朋友,住前方不远处的一个镇子里。"

"我怎么就把您吓成这样了呢?"戈林小姐问她,"我原本想跟您聊聊的。"

"真是忍无可忍,"那女人更像是对自己而非对戈林小姐说道,"我的日子已经够惨了,还让我遇上这些疯子。"

她突然抓起自己的伞,对着戈林小姐的脚踝一顿猛敲,脸憋得通红。戈林小姐认为,那女人虽然俨然一副资产阶级贵妇人的模样,实际上是颇为歇斯底里的。不过她之前见过许多这样的女人,心里清楚从现在开始,那女人无论做什么,她都不会觉得奇怪了。那女人带着她所有的包裹和她的伞,离开了座位,艰难地往过道尽头走。很快又回来了,后头跟着列车员。

他们在戈林小姐旁边停住了,那女人站在列车员身后。列车员是个老头,他朝戈林小姐俯下身子,凑得很近,她几乎能感觉到他的鼻息。

"在火车上不许和别人说话,"他说,"除非是你认识的人。"戈林小姐觉得他的语气很温和。

然后他扭过头,看了一眼那女人,她看上去仍然有些生气,但平静了许多。

"下回,"列车员实在不知该说什么好,"下回你在这趟车上时,待在自己座位上,不要骚扰别人。想要知道时间的话,你可以问其他人,但不要搞得吵吵闹闹的;或者你可以朝我打个手势,我很乐意回答你所有的问题。"他直起身,又站了一会儿,想找点其他话说。"还要记得,"他补充道,"也要告知你的家人和朋友。还有,不允许带狗上车,穿化装舞会服装的人也不行,除非他们用大衣把自己遮得严严实实的。不许再闹了啊。"他又加上一句,朝戈林小姐摆了摆手指。他向那女人微微脱帽示意,然后便离开了。

一两分钟后,火车停了,那女人下去了。戈林小姐焦急地看向车外,寻找她的身影,但目光所及之处,只有空荡荡的站台和几丛黑漆漆的灌木。她将手放至胸前,自顾自地微笑起来。

等她到达小岛的最远端时,雨已经停了,星星又开始忽闪忽灭。她得走过一段狭长的木板路——这是火车和渡轮码头间的通道。很多木板松了，戈林小姐得非常小心，以免踩错地方。她不耐烦地叹了口气，因为于她而言，只要自己还在这木板路上，就不一定能坐上渡轮。现在离她的目的地越来越近了，她觉得此次出行很快便能结束，她不久就能回到阿诺德和他父亲以及加默隆小姐身边了。

这木板路隔一阵才有路灯，中间有很长一段她都得摸黑走。但是，一贯胆小的戈林小姐，这回却一点也不怕。她甚至莫名觉得兴奋——那些有点偏执却十分乐观的人，在逐渐接近自己惧怕的事物时，心中常常怀有这种情绪。她在躲开那些松动的木板时，动作更为敏捷，甚至跳跃了起来。现在她能看到道路尽头的码头了，那里灯光明亮，市政府的人还在平台正中竖了一根很粗的旗杆。国旗绕着旗杆层层卷好了，但戈林小姐仍能轻易分辨出红白相间的条纹和星星。能在这偏远的地方看到国旗，她很高兴——她还以为这小岛的最远端根本无人管辖呢。

"这有什么可稀奇的？这里好多年前就有人定居了，"她对自己说，"奇怪的是，我竟从未想过这一点。人们在这儿过着平常日子，他们有自己的家人，自己的社区商店，对于何为正派、何为得体也有着自己的判断——那当然也有防治犯罪的政府机关啰。"想到这一切，她简直有些雀跃了。

只有她一个人在等渡轮。一上船,她便直接走到船头,站在那儿盯着大陆,直到渡轮到达对岸。从码头延伸出一条路,爬上一座低矮而陡峭的山坡后,在山顶汇入主干道。卡车仍得停在山头附近,工人把货物卸载到推车上,然后小心翼翼地将推车推到码头。站在码头往上看,几乎只能瞥见位于主干道一头的两家商店的外墙。两旁的路灯很亮,戈林小姐几乎能看清从山上下来坐渡轮的那些人衣着的每一个细节。

她见三个姑娘手挽着手笑着向她走来。她们打扮得很精致,既想扶住帽子又不愿松开彼此,这让她们走得很慢。但是下山下到一半,她们招呼了一声码头上的某个人,那人站在拴渡轮的柱子旁边。

"乔治,别丢下我们啊。"她们对他喊道,他礼貌地挥了挥手以示回应。

有很多小伙子走下山来,他们看上去也特意打扮过。鞋子擦得锃亮,很多人扣眼里还插着花。那些原本远远落在后面的人也很快小跑着追上了那三个姑娘。一有人超过她们,姑娘们就放声大笑——但是从戈林小姐所站的位置,听得并不真切。越来越多的人出现在山头,戈林小姐估计他们大多不到三十岁。她让到一边,很快渡轮的前甲板和连接码头的桥面上都站满了这群有说有笑的人。她很好奇他们这是要去哪儿,但是眼见这么多人离去,让她的信心大为受挫——她认为这可不是什么好兆头。终于，她下定决心向还留在码头上的一个小伙子打听打听，那人站得离她不远。

"年轻人，"她对他说，"你能否告诉我，你们这是结伴出去玩，还是恰好凑到一起了？"

"我们要去的是同一个地方，"那男孩说，"据我所知是这样。"

"这样啊，能告诉我是哪里吗？"戈林小姐问。

"'猪鼻钩子'。"他回答道。这时，渡轮拉响了汽笛，他赶紧从戈林小姐身边跑开了，与甲板上的朋友们会合。

戈林小姐独自一人吃力地爬上了小山，眼睛一直盯着主干道尽头那家商店的外墙看。某个画广告画的艺术家，在半面墙上用深浅不一的粉色创作出一张巨大而逼真的婴儿脸，余下的空间画着一个巨型奶嘴。戈林小姐纳闷，"猪鼻钩子"是个什么地方。她走到山顶时相当失望，主干道空无一人，灯光也很昏暗。那幅色彩明亮的婴儿奶嘴广告画可能误导了她，让她心底暗暗希望整个镇子都是这般花里胡哨。

她决定先仔细看看这幅画，再沿着主干道继续赶路。为此，她得先穿过一片空地。在离那广告画很近的地方，她留意到一个老头在弯腰摆弄着一些板条箱，想要把木板上的钉子拧松。她决定去问问他是否知道"猪鼻钩子"在哪儿。

她向他走去，问话之前，先站着瞅了一会儿。他穿着一件绿色毛呢夹克，戴着一顶同样材质的小帽子。他正忙着撬开板条箱上的一枚钉子，唯一的工具就是一根细细的棍子。

"冒昧打扰了，"戈林小姐终于开口道，"我想知道'猪鼻钩子'在哪儿，还有为什么大家要去那儿——不知您是否清楚。"

那人没有停下手中的活儿，但是戈林小姐看得出他对她的话很感兴趣。

"'猪鼻钩子'？"那人说，"这有什么不知道的。是个新开的地儿，一家可以看歌舞表演的餐厅。"

"大家都去那儿吗？"戈林小姐问他。

"去的都是些傻子。"

"何出此言？"

"何出此言？"那人终于站了起来，把棍子插到兜里，说道，"何出此言？去那儿的人心甘情愿挨宰，乐得被骗到兜里不剩一毛钱。肉都是些马肉，块头那么大，一点也不红，而是发灰，旁边连土豆的影子都看不见——还贵得很呢。他们都穷得叮当响，而且都是些没有生活常识的蠢蛋，就像一群想要挣脱链条的狗。"

"就这样他们还每天一起去'猪鼻钩子'？"

"我可不晓得他们什么时候去'猪鼻钩子'，"那人说，"我也不晓得蟑螂每天晚上都干些什么。"

"呃，'猪鼻钩子'到底哪里让您看不顺眼了？"戈林小姐问他。

"让我看不顺眼的是,"那人越说越来劲,"他们那儿有个黑鬼,整天在房间的镜子前上蹿下跳,热到冒汗,然后又在那些姑娘小伙儿跟前表演一遍,他们还认为他在演奏音乐。他倒是有一个很贵的乐器,因为我知道他在哪儿买的——付没付钱就不清楚了。他把那东西伸进嘴里,那对蜘蛛腿般的长胳膊接着摆弄开来,他们就被迷得神魂颠倒,非他不要了。"

"您要知道,"戈林小姐说,"的确有人喜欢那种音乐。"

"没错,"那人说,"的确有人喜欢那种音乐,也有人一年到头光着身子吃住在一起,还有一些人,你懂的。"——他做出一副神秘兮兮的样子——"但是,"他接着说道,"在过去,我们的钱可总是用来买白糖啊黄油啊猪油啊这些东西。出去吃饭时,每一分钱都花得很值,还有狗跳火圈的节目,点的牛排厚得可以垫下巴。"

"狗跳火圈?"戈林小姐问,"那是什么?"

"是这样,"那人说,"长年累月耐着性子训练这些狗,它们便能做任何事——当然这过程也常常让人伤脑筋。你搞一个圈,让它烧起来,那些贵宾犬——如果训练得好的话——能像鸟儿掠过天空一般跃过火圈。当然啰,这种表演相当罕见;但是,就在这镇子里,它们曾经从一个个火圈中间飞了过去。当然那时的人更老练,更在乎自己的钱，他们可不想看一个黑人上蹿下跳的。他们还不如拿这笔钱给自家房子换个屋顶呢。"他笑了起来。

"那么，"戈林小姐说，"这跳火圈的表演也是在现今'猪鼻钩子'所在地的一家歌舞餐厅里进行的吗？你懂我的意思。"

"当然不是！"那人激动地说，"那地儿就位于河岸这边，是家真正的剧院，根据不同座席出售三种价位的票，每晚一场，一周之中还有三个下午也能看。"

"那不就得了，"戈林小姐说，"根本就是两码事，不是吗？毕竟，就像您先前说的，'猪鼻钩子'是家歌舞餐厅，而贵宾犬表演跳火圈的地方是家剧院，所以说两者没什么可比性。"

那老头又跪了下来，把他的细棍子戳到钉子和木板之间，继续撬了起来。

戈林小姐不知道接下来该说些什么，不过她感觉继续聊天总比独自上路开心一点。她觉察出对方有些恼了，所以打算以更为柔和的口吻说出她的下一个问题。

"跟我讲讲，"她对他说，"那地方危险吗？还是说只是没什么意思。"

"当然啰，要多危险有多危险，"那老头的不快似乎烟消云散，立马说道，"当然危险啦。一群意大利人开的，周围都是荒山野岭。"他看着她的眼神仿佛在说："这下你知道有多危险了吧？"

那一刻，戈林小姐觉得他颇为可信，于是也认真地盯着他的眼睛。"不过您不是可以，"她问，"您不是可以很轻易地判断他们是否安全返回了吗？毕竟，如果需要的话，您就往山头一站，看着他们从渡轮上下来就行。"那老头又拾起他的棍子，一把抓住戈林小姐的胳膊。

"跟我来，"他说，"眼见为实。"他带她来到小山的边缘，看着底下通向码头的明亮道路。渡轮没在那儿，但可以很清楚地看到卖票的男人待在小亭子里，将渡轮拴在柱子上的绳子也清晰可见——甚至能看到对岸。戈林小姐将一切尽收眼底，很想知道那老头要说些什么。

"看吧，"那老头含糊地挥了下胳膊，指了指眼前的河流和天空，说道，"从这儿根本啥都看不见。"戈林小姐环顾四周，觉得该是什么都躲不过他们的眼睛才对呀；不过与此同时，她相信了那老头说的话。她觉得有些羞愧，又有点不安。

"走，"戈林小姐说，"我请您喝杯啤酒。"

"非常感谢您，夫人。"那老头说。他的语气变了，变得像个仆人，戈林小姐更加羞愧了——自己之前竟然信了他的话。

"有什么您想去的地方吗？"她问他。

"没有，夫人。"他拖着脚在她旁边走着，说道。他现在似乎一点儿都不想聊天了。

除了戈林小姐和这老头外，主干道上一个人也没有。

他们倒是经过了一辆车，停在一家黑漆漆的商店门口，有两个人坐在前座上抽着烟。

在一家烧烤酒吧的橱窗前，那老头停住了，看着里头摆着的火鸡和香肠。

"我们进去点些东西下酒？"戈林小姐问他。

"我不饿，"那人说，"不过可以陪你进去坐一会儿。"

戈林小姐很失望，他似乎完全不知道该如何让这个夜晚显得快活一点，哪怕一点点也好呀。酒吧里很昏暗，但到处点缀着彩色的纸饰。"肯定是为了庆祝最近的什么节日吧。"戈林小姐想。有一个很大的亮绿色纸花扎成的花束尤其好看，沿着吧台后头的镜子挂着。屋子里有八九张桌子，都位于深棕色的卡座里。

戈林小姐和那老头在吧台边坐下。

"那什么，"老头对她说，"你难道不想坐卡座吗？那样不容易被人看见。"

"不想，"戈林小姐说，"我觉得这样非常好。你想吃什么就点吧。"

"我要点，"那人说，"一个火鸡三明治，一个猪肉三明治，一杯咖啡，一杯黑麦威士忌。"

"真是让人猜不透！"戈林小姐心想，"刚刚还说自己不饿，难道不觉得难为情吗？"

她扭过头好奇地张望，发现后头的卡座里坐了一个男孩和一个女孩。男孩在看报纸，什么喝的也没点；女孩正用吸管小口喝着一杯很好看的樱桃色的饮料。戈林小姐给自己连着点了两杯杜松子酒，喝完后，她转过头，又看了看那女孩。女孩似乎就等着她看过来呢，脸已经向着戈林小姐了。她对着戈林小姐微微一笑，睁大了眼睛。她的眸子很黑，而眼白部分——戈林小姐注意到——有些发黄。她的头发又黑又硬，从头上各处支棱开来。

"犹太人，罗马尼亚人，或是意大利人。"戈林小姐暗自想着。那男孩没有从报纸上抬起头来，拿着的报纸把脸都挡住了。

"出来玩？"女孩嗓音沙哑，问戈林小姐。

"呃，"戈林小姐说，"准确说来，我并不是为了出来玩才到这儿的。我差不多是强迫自己来的，就因为我讨厌晚上独自出门，不想离开家。但是，现在到了我不得不强迫自己出来的时候了——"

戈林小姐话说到一半停了，因为她不知道该如何继续向这女孩解释，得花很长时间才能说清楚她的意思，而这在眼下是不可能的——服务员总是在吧台与这对年轻人的卡座间来来回回地走着。

"反正，"戈林小姐说，"放松一下，玩一玩总没什么坏处。"

"人人都该尽情享受才对，"那女孩说，戈林小姐听出她说话带点口音。"对不对啊？我亲爱的小乖乖。"她问那男孩。

男孩放下报纸，看上去有点生气。"什么对不对的？"他问她，"你们说的话我一个字都没听到。"他撒谎，戈林小姐清楚得很，男孩只是假装没注意到他女朋友在同她说话罢了。

"也没说什么，"她温柔地看着他的眼睛，说道，"这位小姐刚刚说，放松一下，玩一玩，总归对人没坏处。"

"依我看，"男孩说，"玩一玩对约会来说坏处大了去了。"他直接对着女孩说这话，对她提及戈林小姐置若罔闻。女孩凑过身子，在他耳边低语了几句。

"亲爱的，"她说，"那女人遇上些可怕的事了，我能感觉到。对人家友善一点。"

"什么人家？"男孩问。

她无奈地笑了笑，知道再多说也无益了。那男孩喜怒无常，但她爱他，几乎可以忍受他的一切缺点。

和戈林小姐一同来的老头起身走开了，带着酒和三明治站在收音机跟前，将耳朵凑过去听。

酒吧后头有个男的在窄小的球道上一个人扔着保龄球。戈林小姐听着球滚过木地板时那轰隆隆的声音，真希望自己能看得见他，好让她确定这屋子里没有危险分子，不用一晚上都提心吊胆的。当然也可能会有其他顾客进来，但她完全没有想过这一点。她试了又试，就是看不到扔球的那个男人。

那对男女吵起来了，戈林小姐凭声音就能听出来。

她没有转过头去，但竖起耳朵听着。

"我真搞不懂，"那女孩说，"就因为我说自己喜欢来这儿坐一会儿，你怎么就气成这样。"

"我也想不明白，"男孩说，"你为什么非得来这儿坐着。"

"那么——那你为什么进这儿来呢？"女孩犹豫着问。

"我不知道，"男孩说，"也许因为一出家门就是这儿吧。"

"并不是，"女孩说，"还有其他地方呢。你就不能直接说你喜欢这儿吗？那会让我很开心的，虽然我也说不上为什么。这么长时间以来，我们一直来这儿呀。"

"鬼才会这么说！如果你认为这地方拥有什么特殊的魔力的话，我他妈就再也不来了。"

"哎呀，小乖乖，"女孩带着哭腔说，"小乖乖，我没有在说女巫和魔法啊——根本没想这事。我又不是个小姑娘。就不应该告诉你那些。"

男孩不住地摇头，她简直让他倒胃口。

"你搞笑呢，伯妮斯，"他说，"我说的跟这不搭边。"

"我搞不懂你到底想说什么，"伯妮斯说，"很多人年复一年每天晚上来这儿，或者去别的什么地方，也不做什么，就是喝点东西聊聊天——就因为对他们来说，这里有家的感觉。我们来这儿也是因为，这儿慢慢变得像家了。如果说那小房间是我们的家的话，这儿就是第二个家——反正对我来说就是如此。我很喜欢这儿。"

男孩不满地呻吟了一声。

"况且，"她感觉自己说的话和说话的语气都感化不了男孩，又添了一句，"看到这儿熟悉的桌子、椅子还有墙面，仿佛和老友见面一般。"

"什么老友？"男孩很生气，脸色越来越阴沉，"什么老友？在我看来，这儿不过是又一个让穷人借酒消愁，好忘了自己身无分文的鬼地方。"

他挺直身子，瞪着伯妮斯。

"我想你说的也不能算错吧，"她模棱两可地说，"但我觉得不仅仅如此。"

"这就是问题所在。"

弗兰克——也就是这儿的酒保——一直在听着伯妮斯和迪克的对话。今天晚上客人不多，他越琢磨那男孩的话，就越觉得气不打一处来。他决定去他们那桌，好好吵一架。

"迪克，过来，"他说着一把抓住对方的衬衣领子，"你这么看这地方的话，给老子滚出去。"他把迪克从座位上拽了出来，再猛地一推；迪克趔趄了几步，头撞在了吧台上。

"你这个大蠢货，"迪克喊叫着，朝酒保扑了过去，"头脑简单的死胖子，我来替你收拾收拾你这张肥脸。"

两人扭打在一起。伯妮斯站在桌子上，拉扯着他们的衬衫，试图分开双方。即使他们离桌子很远，她也能够着；因为卡座两边连着柱子，她抓住其中一根，便能将自己甩到两人跟前。

从戈林小姐所站的位置看过去，每次伯妮斯的身子探出卡座太远，都能瞥见她长筒袜上方露出的那一截光腿。这倒也没什么，但是她注意到那个刚刚扔保龄球的男人从原来待着的地方走出来了，一有机会就死死盯着伯妮斯光着的大腿看。那人有张窄脸，脸色发红，皱缩的鼻子有些红肿，两片嘴唇非常薄，头发近乎橙色。戈林小姐无法确定他是个极为讲规矩的人，还是就是个犯罪分子——不过他那股劲头真是把她吓得半死。同样，戈林小姐也分辨不出他看着伯妮斯的眼神，究竟是充满兴趣，还是充满鄙夷。

酒保弗兰克虽然挨了不少拳头，脸上也不断淌着汗，但显得十分平静。在戈林小姐看来，他并不恋战。实际上，屋子里真正神经紧绷的只有站在她身后的那个男人。

很快，弗兰克嘴唇破了，迪克的鼻子也流血了。这之后不久，两人都不再出手，而是摇摇晃晃地朝洗手间走去。伯妮斯跳下桌子，追在他们后面。

几分钟后，两人回来了，收拾得干干净净，头发也梳得一丝不乱，拿着脏兮兮的手帕捂住嘴巴。戈林小姐走向他们，一手抓住一人的胳膊。

"真高兴现在没事了,我想请你们俩每人喝一杯。"

迪克看上去非常难过,非常压抑。他郑重地点了点头,他们便坐到一起,等着弗兰克调好酒。他带着酒回来后,先端给另外三人,随后自己也在桌旁坐了下来。几个人各自喝了一会儿,谁也没说话。弗兰克神情恍惚,仿佛在琢磨着什么跟这天晚上毫无关联的心事。有一回,他还掏出一本通讯录,翻看了好几次。最后是戈林小姐打破了沉默。

"说说看吧,"她对伯妮斯和迪克说,"你们都对什么感兴趣?"

"我对政治斗争感兴趣,"迪克说,"在我看来,这是任何一个自尊自爱的人唯一可能感兴趣的东西。而且我站在即将获胜的一边,站在坚守正义的一边,也就是认可资本再分配的那一边。"他轻笑了几声,很显然,他认为自己在跟一个十足的傻子对话。

"这些我也都听说过,"戈林小姐说,"那你对什么感兴趣呢?"她问那女孩。

"他感兴趣的我都感兴趣,不过遇到他以前我就知道政治斗争非常重要了。只是我和他是不一样的人,让我觉得开心的东西,我会伸出双手全力争取;我只想抓住自己喜欢的东西,不管那是什么,因为我只管眼前事。这个世界总是来烦我,让我不开心,我却从不去烦这个世界;但是现在不同了,现在我和迪克在一起了。"伯妮斯将手放到桌上,好让迪克握住。她已经有点醉了。

"你说这种话真让我难过,"迪克说,"作为一个左派,你清楚得很,在我们为自己的幸福奋战之前,我们必须先为革命事业而战。在我们的时代,个人幸福不值一提,因为很快就没有所谓的个体了。聪明人会先毁灭自己的'小我',至少只留下能够为集体服务的那一部分。不这样做,你就认不清客观事实和其他的东西,你就会跌入神秘主义的深渊,这在当下简直就是浪费时间。"

"亲爱的小迪克,你说得对,"伯妮斯说,"只不过有时候我希望能住在一个漂亮的房间里,有人听候我使唤。有时候我觉得当个布尔乔亚挺好。"(戈林小姐注意到,她说"布尔乔亚"时很生硬,仿佛刚学会这个词。)伯妮斯接着说道:"我就是这么一个俗人。虽然很穷,还是会想着他们的生活是怎样的。因为夜里有些时候,当我想到他们安全地睡在自己的房子里时,不会感到生气,而是觉得内心安宁平静,就像一个夜晚受到惊吓的小孩儿希望听着大人在街上说话一样。小迪克,你不觉得我说的有些道理吗?"

"有道理才怪!"男孩说,"我们俩都心知肚明,正是他们所谓的安全感让我们在夜里放声大哭。"

戈林小姐急着想插上几句话。

"你,"她对迪克说,"想要赢一场很必要又费脑子的仗。我更感兴趣的是,这仗怎么这么难打呢?"

"他们手上握着权呢,他们有媒体,有生产方式。"

戈林小姐用手捂住男孩的嘴,吓了他一跳。"这都没错,"她说,"但是很明显你们还在同其他东西作战,不是吗?你们正与他们在地球上所处的位置作战,他们都顽固地待在那儿。你也清楚,我们的民族并不迟钝麻木,他们如此冷酷,不过是因为他们仍然坚信地球是平的,自己随时可能从上面掉下去,所以他们才紧紧靠在中间,须臾不敢放松。也就是说,紧紧抓住他们一以贯之的生活准则。你让那些仍在与自己想象中的黑暗、恶龙作战的人接受一个新的未来,怎么可能。"

"是这样吗?"迪克说,"那我该怎么做呢?"

"记住,"戈林小姐说,"成功的革命必须像成年人一般,彻底消灭自己的童年。"

"我会记着的。"迪克带着点嘲讽的口吻说道。

那个扔保龄球的男人现在站到了吧台边。

"我最好去看看安迪要什么。"弗兰克说。戈林小姐和迪克说话时,他一直在轻声吹着口哨,但似乎又在侧耳倾听,因为准备起身离开时,他扭头看着戈林小姐。

"我认为地球是个非常宜居的地方,"他对她说,"而且我从不觉得往前多走一步,自己就会掉下去。在这星球上,做任何事,你都可以尝试个两三次,大伙儿都很有耐心,直到你最终做成。搞砸一次并不意味着你就玩儿完了。"

"呃，我完全不是这个意思。"戈林小姐说。

"你就是这个意思，别遮遮掩掩的。不过我觉得这也没什么。"他激动地盯着戈林小姐的眼睛。"王公贵族也好，狗杂种也罢，"他说，"我的生活我做主。"

"他到底在说些什么啊？"戈林小姐问伯妮斯和迪克，"好像我侮辱了他似的。"

"鬼才知道！"迪克说，"管它呢，我困了。伯妮斯，我们回家吧。"

迪克在吧台边付钱给弗兰克时，伯妮斯将身子往戈林小姐那边靠了靠，耳语了几句。

"你知道吗？"她说，"我们俩单独在家时他可不这样。他人很好，让我觉得很幸福。当他在自己家，没有和陌生人待在一起时，你真该看看他有多么容易开心起来。那什么，"——她直起身子，仿佛为自己突然向对方袒露心声而感到有些尴尬——"那什么，真的很高兴见到你，希望我们没有给你添堵。我向你保证，之前从未发生过这种事，因为迪克的内里跟你我一样，只是精神总是高度紧张。请你见谅。"

"没事，"戈林小姐说，"不必感到抱歉。"

"那，再见了。"伯妮斯说。

伯妮斯背着迪克说的那席话让戈林小姐感到既尴尬又震惊，一时都没有注意到现在酒吧里除了她以外，只剩下那个扔木球的男人和那个老头——而后者已经把头搁在吧台上睡着了。等她反应过来，有那么一瞬间，她悲凄地感觉到一切都是冥冥中安排好的。虽然是她强迫自己踏上了来大陆的旅程，却另有一股力量在暗中怂恿她。她觉得自己无处可逃，即便想走，也会有什么事发生，绊住她的脚步。

她发现那个男人从吧台上端起酒，朝自己走来，吓得心跳都要停止了。离她的桌子不到半米时，他停了下来，杯子举在半空。

"跟我喝一杯好吗？"他问她，看上去并不十分热情。

"不好意思，"弗兰克在吧台后说道，"我们马上要打烊了。不提供酒水了，抱歉。"

安迪什么也没说，只是摔门而去。他们能听见他在门外来回踱步。

"又来他那一套，"弗兰克说，"真是该死。"

"啊，"戈林小姐说，"你怕他吗？"

"怕什么怕，"弗兰克说，"但是他不好惹——只能想到这词来形容他了——不好惹；况且归根结底，人生苦短嘛。"

"那，"戈林小姐说，"那他是个危险分子吗？"

弗兰克耸了耸肩。很快，安迪回来了。

"月亮和星星都出来了，"他说，"我几乎能看清镇子的另一边。周围没有警察，所以放心喝我们的酒吧。"

他坐到了戈林小姐对面的座位上。

"街上一个人也没有，冷冷清清的，"他开口说道，"倒是蛮符合我现在的胃口。在你这样一个充满活力的女人看来，如果我显得有些闷闷不乐，那也别介意。我跟人说话就是这样，不管对方是谁，只会自顾自说。别人会说我'对他人不够尊重'。你肯定很尊重你的朋友，但那是基于你自尊自爱。一切的出发点都是这个：你自己。"

虽然现在他和她说起了话，但戈林小姐就跟他坐下来之前一样紧张。他似乎越说越激动，甚至有些生气；他还一直说她这人怎么怎么样，完全不符合实情，这使得他的话听上去有些诡异，同时也让戈林小姐感觉自己完全是个摆设。

"你住在这个镇子上吗？"戈林小姐问他。

"是的，我住这儿，"安迪说，"我在一栋新建的公寓楼里有套两室一厅。镇里唯一的一栋公寓楼。每月付房租，就我一个人住。下午阳光会洒进屋子，这在我看来，真是莫大的讽刺，因为整栋楼就我的屋子采光最好，我却整天拉着窗帘睡大觉。我也不是一直都住那儿。在此之前，我跟我妈一起住在城里。不过我再也找不到比这儿更适合流放罪人的了，所以倒是适合我，相当适合。"他捣鼓了一阵香烟，眼睛故意不去看戈林小姐的脸。他让她想起某些终于在悲剧中担当配角的喜剧演员——演得还挺不错。同时，她也敢肯定，有什么东西将他那简单的头脑劈成两半，让他翻来覆去无法入眠，也使得他这么悲惨地活着。她毫不怀疑自己很快就能找到答案。

"你很美，一种非常特殊的美，"他对她说，"鼻子不行，但是眼睛和头发很漂亮。眼下的日子如此可怕，能和你上床的话，我会很开心的。不过为此我们得离开这酒吧，到我的房子里去。"

"我不保证会和你做点什么，但是很愿意到你的房子里去。"戈林小姐说。

安迪让弗兰克打电话给出租车集合点，叫某个值夜班的人过来接他们。

出租车沿着主干道慢吞吞地开着。车子很老旧，嘎吱作响。安迪将头探出窗外。

"女士们先生们，你们好！"他模仿着英式口音，冲着空无一人的街道大喊，"我希望——由衷希望——你们每一个人都能在我们这伟大的镇子里过得愉快。"他坐回座位，脸上挂着一副可怕的笑容，戈林小姐不由得又害怕起来。

"你可以深更半夜一丝不挂来这街上滚铁圈，没人会发现。"他对她说。

"呃，如果你觉得这地方如此糟糕，"戈林小姐问，"为何不收拾行囊，搬去其他地方呢？"

"唉，不行，"他沮丧地说，"我不会走的。走也没用。"

"是生意上的事让你非得留在这儿吗?"戈林小姐问他,虽然她清楚得很,他指的是心理层面的东西,比这重要得多。

"我可不是什么商人。"他对她说。

"那你是个艺术家喽?"

他有些迷茫地摇了摇头,仿佛搞不清什么样的人才能算艺术家。

"那好吧,"戈林小姐说,"我都猜了两次了,你还不告诉我你是做什么的吗?"

"无业游民!"他扯着嗓子吼了一声,身子往下滑了滑,"你这么个聪明的女人,难道不是心知肚明吗?"

出租车在公寓楼前停了下来,一边是空地,另一边是一排用作商铺的平房。

"看,整个下午我都能享受到阳光,"他说,"因为没有遮挡物,眼前就是这片空地。"

"那里头长了棵树,"戈林小姐说,"你从窗口可以看到吧?"

"是的,"安迪说,"很诡异吧?"

公寓楼很新,也很小。他们站在门厅里,等着安迪从兜里掏出钥匙。地板是黄色的人造大理石,建筑师在正中间用马赛克拼出了一只蓝色的孔雀,周围是各种纤长的花朵。在昏暗的灯光下很难看清那只孔雀,但戈林小姐蹲下来仔细研究了一番。

"我觉得孔雀四周是睡莲,"安迪说,"但是孔雀身上不应该有成千上万种颜色吗?五彩斑斓,孔雀不就该如此吗?那只却通体蓝色。"

"也许,"戈林小姐说,"这样更好吧。"

他们离开门厅,走上了几级难看的铁楼梯——安迪就住在一楼。走廊里弥漫着一股难闻的味道,他说这味道一直挥之不去。

"十个人的饭菜都是在那边做的,"他说,"一天到晚不停歇。他们工作时间不同,除了礼拜天和节假日,一半人根本见不着另一半人。"

安迪的房子又热又闷,棕色的家具,椅子上的靠垫不是太大,就是太小。

"目的地到啦,"安迪说,"你随便坐,别拘谨。我要脱掉些衣服。"很快他又回来了,身上穿了件劣质睡袍,腰带两头都被咬坏了。

"你睡袍的腰带怎么成这样了?"戈林小姐问他。

"被我的狗咬的。"

"啊?你养狗?"她问。

"我曾经有过一只狗,也有未来,还有个女朋友,"他说,"但是现在都没了。"

"发生什么事了呢?"戈林小姐问,她扯下披肩,用手帕擦着额头。屋里的暖气已经让她开始冒汗了,何况她也有一段时间没享受过暖气了,不太适应。

"别聊我的生活了,"安迪像交警一样举起手,说道,"还是喝点酒吧。"

"好呀,但是我觉得我们迟早要聊到你的生活的。"戈林小姐说。与此同时,她也在心里盘算着,自己一个小时内得回家了。"我认为,"她自忖,"这第一个晚上表现得还算不错。"安迪起身,把腰上的睡衣带子拉得更紧了一些。

"我之前,"他说,"和一个在上班的非常好的姑娘订婚了。我爱她,爱得不行。她的额头很光滑,有双美丽的蓝眼睛,牙齿不太好。那两条腿都能拍模特照了。她叫玛丽,和我妈处得很好。是个平凡的女孩,心思单纯,总是乐呵呵的,过得很快活。有时我们会深夜外出吃饭,就为了好玩,她曾对我说:'看看我们两个,深更半夜走在街上,去下馆子。我们就是普通人而已啊,也许所谓正常,都只是表象吧。'很显然,我不会告诉她,有很多人——就像住我们走廊里5D房里的人一样——半夜才吃饭。不是因为他们是群疯子,而是受工作所迫,非得如此。那样的话,她可能就觉得这事没这么有意思。我才不会扫她的兴,告诉她这个世界不疯,这个世界还算可以;我当时也不知道,几个月后,她的心上人就将成为这世上最疯狂的那一群人中的一个。"

安迪额头上的青筋根根暴起,脸也越来越红,鼻翼两侧沁出了汗水。

"这想必是他的心结。"戈林小姐思量着。

"之前我常去一家意大利餐厅吃晚饭,就在家旁边,去那儿吃饭的人我几乎都认识,气氛非常轻松愉快。我们中有几个总是一起吃。酒都是我买,因为我比他们大多数人混得好些。也有一些老头在那儿吃饭,但我们从来不理。还有一个男的,也不算太老,但总是一个人,不和任何人打交道。我们知道他之前在马戏团,不过从来没打听清楚他具体是做什么的。有一天晚上,也就是他带她来的前一天,我那时不知怎的,正好盯着他看,只见他站起来,把报纸叠好塞进口袋里,这显得很奇怪,因为他还没吃完饭。然后他朝我们转过身,咳了一声,仿佛是为了清清嗓子。

"'先生们,'他说,'我要宣布一件事。'他声音很弱,几乎听不见在说什么,我只好让大家伙儿都安静一点。

"'我不会耽误你们太多时间,'他就像在宴会上发言一般,接着说道,'只是想跟你们说点事,你们很快就会明白的。我想跟你们说,明天晚上我会带一位年轻女士来这儿,我希望你们尽全力善待她:先生们,这位小姐就像一个破损了的娃娃。她没有手,也没有脚。'说完后,他安静地坐了回去,继续吃了起来。"

"天哪,好尴尬啊!"戈林小姐说,"那你们怎么回答他的?"

"我不记得了,"安迪说,"我只记得当时很尴尬,一如你所说,而且我们觉得他完全没必要向我们宣布这事。"

"第二天,我们到店里时,她已经在椅子上了。妆容精致,穿着一件很漂亮又干净的短上衣,前襟别着一枚蝴蝶形状的胸针。还烫鬈了头发——她天生一头金发。我一直竖着耳朵,听到她对那小个子男人说,自己胃口越来越好了,一天能睡上十四个小时。之后我开始注意起她的嘴来,那嘴就像一片玫瑰花瓣,或是一颗心,又或是某种小巧的贝壳,真的很美。我立马开始想象她会是什么样的,她身体的其余部分,你懂吧——没有腿的样子。"他停住不说了,在房间里踱着步,看着四周的墙壁。

"这个想法就像一条丑恶的毒蛇一般钻进我脑海里,盘踞在那儿。我看着她的头,在积满灰尘的昏暗墙面映衬下,显得如此小巧精致。这是我第一次偷尝禁果。"

"真的是第一次吗?"戈林小姐说。她看上去有些困惑,有那么一刹那陷入了沉思。

"从那以后我满脑子就想着要搞明白这事,其他的想法都消失了。"

"原先你都想些什么呢?"戈林小姐不无恶意地问道,但他似乎没听见她的话。

"这感觉持续了一段时间——我对她的感觉。我跟贝尔开始约会,那晚过后她便经常到餐厅来,而同时我还在跟玛丽约会。我跟贝尔关系很好。她也没什么特别的，喜欢喝酒，我还曾经帮她把酒倒进嘴里。她有点过于喜欢谈论自己的家人了，人也有点太好了。并不是说她像个教徒，而是浑身充满了人性的光辉。我的这种可怕的好奇心也好欲望也罢，越来越强烈，到最后我和玛丽在一起时，心思也不在她身上了——我都没法同她上床了。但是她一直表现得很大度，像只羊羔一般耐心。她还这么年轻，这种事不应该发生在她身上。我就像个可怕的老头，或者那些得过梅毒的不中用的国王。"

"你告诉了你的玛丽是什么让你如此心烦意乱吗？"戈林小姐想催促他快点说，便问道。

"我没有告诉她，因为我希望她眼中的世界不至于崩塌，我希望星星不至于从她眼前坠落——我希望以后的日子里，她能挽着一个好人的手，舒心地走在公园里，喂喂鸟。我不希望她将痛楚埋在心底，透过一扇封死的窗户看向外面的世界。没过多久，我就同贝尔上床了，然后妙得很，我得了梅毒，花了两年才治好。差不多从那时候开始，我慢慢喜欢上了保龄球，最终离开了我妈家，工作也不要了，然后跑到了这个荒无人烟的岛上来。在城里的棚户区我有栋房子，靠那点收入，我倒还能勉强在这里过活。"

他在戈林小姐对面的椅子上坐下，将脸埋进手里。戈林小姐以为他说完了，正准备感谢他的款待，跟他道晚安时,他突然将手从脸上拿开,又说了起来。

"我记得很清楚;最难受的是,我越来越无法直视我妈了,于是一天到晚都在外面打保龄球。七月四日国庆节那天,我下定决心要好好陪陪她。下午三点会有一个大型队伍经过我们窗前,快到时间时,我穿着熨得笔挺的西装站在客厅里,我妈紧挨着窗台坐着。外面阳光明媚,很适合游行庆典。队伍很准时,因为差不多还有一刻钟到三点时,我们开始听到远方传来缥缈的音乐。很快,我们国家那红、白、蓝相间的国旗便飘扬而过,由几个长得很好看的男孩子举着。乐队正演奏着《扬基歌》[1]。突然,我用手遮住脸,我无法正视我们的国旗。那时,我恍然大悟,我厌恶我自己。从此以后,我就把自己当成一只臭鼬。'臭鼬先生'恰好是我私下给自己起的名字。在烂泥地里也不是毫无乐趣,只要你能坦然接受自己的处境,而不是时时觉得无地自容就行。"

"嗯,"戈林小姐说,"当然,你稍微努力就能振作起来。国旗那件事也没你想得那么严重。"

他看着她,有点恍惚。"你说话那样儿,就像个正经女人。"他对她说。

"我就是个正经女人,"戈林小姐说,"我也很有钱,只是故意活得惨一些。我离开了自己漂亮的家,搬去岛

---

[1] 《扬基歌》("Yankee Doodle")是一首著名的美国民谣,早在独立战争前就已十分流行。——编者注。

上的一所小房子里住。那房子破得很，几乎不要钱。对此你有何感想？"

"我觉得你脑子有病。"安迪说，口气相当不友好，眉头也紧锁着，"你这样的人，就不配有钱。"

看到他摆出一副义愤填膺的样子，戈林小姐感到很吃惊。

"不好意思，"她说，"你能把窗户打开吗？"

"会有风吹进来的，冷得很。"安迪说。

"没事，"戈林小姐说，"我还是想开点窗。"

"我跟你讲，"安迪在椅子上紧张地动了动，说道，"我感冒了很久，挺严重，这才刚好，可不敢吹风了。"他咬住嘴唇，看上去担心得很。"要不我去旁边房间待着，让你呼吸点新鲜空气。"他又加上一句，神情稍稍放松了一些。

"这是个好主意。"戈林小姐说。

他走了，轻轻地带上了门。她很高兴，终于可以吸上几口凉爽的空气；打开窗户后，她双手张开，撑在窗台上，探出身子。要不是清楚安迪此时正静静地站在自己房间里，一副百无聊赖、迫不及待的样子，她会更为享受这片刻欢愉的。她还是有点怕他，同时又觉得他是个沉重的负担。公寓楼对面有个加油站，办公室里没人，但灯光还亮着，桌子上的收音机也没关。一首民歌飘荡入耳。很快，响起一阵急促的敲门声，她想着也该来了。

一曲未了,她便恋恋不舍地关上了窗。

"进来吧,"她对他喊道,"进来。"安迪打开门后,她惊诧地发现,他几乎脱光了衣服,只穿着袜子和裤衩站在她面前。他一点不觉得难堪,仿佛两人心照不宣,他就该穿成这样出现。

他同她走到沙发边,让她挨着他坐下,然后张开手臂抱住她,还盘起了腿。他两条腿细得很,脱掉衣服后整体看上去非常单薄。他将脸贴住戈林小姐的脸。

"让我开心一下?"他问她。

"老天爷啊,"戈林小姐一下坐得笔直,说道,"我还以为你不至于如此呢。"

"哎呀,及时行乐嘛。"他眯起眼睛,凑过来亲她。

"那个女人,"她说,"贝尔,没有手脚的那个?"

"亲爱的,现在别提她,行吗?求求你了,"他语气中带着一丝嘲讽,又藏着点兴奋,"跟我说说,你都喜欢些什么。这两年我也不是啥都没干,有那么几件事还是做得不赖的。"

戈林小姐表情严肃。她在认真考虑这事,她怀疑自己一旦接受安迪的邀约,即使她自己不想再来,也很难从这一趟又一趟的深夜旅行中抽身了。直到最近,她都从未铤而走险地按照自己所认可的道德原则行事过,她认为这是软弱的表现;但同时,她又是个脑子相当清醒且活得很快乐的人,这么做是出于自我保护的本能。不过,她稍稍有些醉了，安迪的话让她蠢蠢欲动。"得承认，很多时候，靠意志力做不成的事，由着性子来，反而能办到。"她对自己说。

安迪看着卧室的门。他的情绪似乎忽然来了个大转弯，现在显得有些不知所措。"这并非说明他不好色。"戈林小姐想。他站了起来，在房间里漫无目的地走来走去。最后，他从沙发后拖出了一台老旧的唱片机，花了很长时间掸去上面的灰尘，并把四散在唱盘附近的唱针归拢到一处。跪在那边摆弄那台设备时，他变得相当投入，那张脸几乎有些讨人喜欢了。

"这是台很老的机器，"他嘟囔着，"我很久以前搞到的。"

机器很小，早就过时了，如果戈林小姐是个多愁善感的人，看到他这副样子，肯定会有点伤心——但是没有，她越来越不耐烦了。

"你说的话我一个字也听不清。"她朝他吼道，声音大得出奇。

他没有答话，站了起来，进了房间。回来时，又穿上了那件睡袍，手里拿着一张唱片。

"你肯定会觉得我很傻，"他说，"捣鼓那么半天，就是为了让你听这张唱片。是首进行曲。给。"他把唱片递给她，好让她看看是哪首曲子，还有演奏的乐队的名字。

"不过可能，"他说，"你并不想听。很多人不喜欢进行曲。"

"我想听,放吧,"戈林小姐说,"我很愿意听,真的。"

他放上了唱片,坐在离戈林小姐挺远的一张很不舒服的椅子边沿上。唱片机声音太大了,放的是《华盛顿邮报进行曲》。在一个安静的屋子里听阅兵音乐,戈林小姐如其他任何人那般,感到很不自在。安迪倒是显得很惬意,脚还一直跟着打节拍。但是音乐停止后,他好像显得比之前更加不知所措了。

"你想参观一下家里吗?"他问她。

戈林小姐赶忙从沙发上起身,怕他又改主意。

"之前这里住了一个做裙子的女人,所以我的卧室对于一个男人来讲,显得有些娘。"

她跟着他进了卧室。床上乱糟糟的,两只枕头的枕巾颜色发灰,皱巴巴的。衣橱上贴了些姑娘的照片,都是其貌不扬、毫无魅力可言的人。在戈林小姐看来,她们更像是老老实实去教堂做礼拜的那种女人,而不像是与年轻男子瞎混的。

"这些姑娘长得挺好看的,对不对?"安迪对戈林小姐说。

"看上去很可爱,"她说,"很可爱。"

"这里头没一个人住在这镇上,"他说,"她们来自附近的各个镇子。这里的姑娘防备心重,而且不喜欢我这种年纪的单身汉。我倒也不怪她们。我时不时挑一个照片里的姑娘出去约个会,晚上还和她们待在她们的客厅里,她们的父母就在家里。但我和她们也不常见面就是。"

戈林小姐心里的疑惑越来越深,但是什么也没问——她突然觉得很疲惫。

"我想我该走了。"她脚都有些站不稳了,便说了一句。不过她立马意识到自己表现得多么无礼,且很不客气。她瞧见安迪绷紧了神经,攥紧的拳头伸到了口袋里。

"呃,你可不能现在就走,"他对她说,"再待一会儿吧,我给你泡点咖啡。"

"不,不,我不想喝咖啡。况且他们在家里会担心我的。"

"他们是谁?"安迪问她。

"阿诺德、阿诺德的父亲,还有加默隆小姐。"

"这都是些什么人啊,"他说,"我可受不了和这么一群人住在一起。"

"我倒觉得很好。"戈林小姐说。

他抱住她,想要亲上来,但是她挣脱了。"不要,说真的,我太累了。"

"行吧,"他说,"行吧!"他眉头紧锁,看上去痛苦得不得了,脱掉睡袍,上了床。他躺在那儿,被子拉至胸口,双脚剧烈抖动着,眼睛盯着天花板,就像个发高烧的人。床头柜上亮着一盏小灯，灯光正照着他的脸，戈林小姐因此得以看清许多原先没有注意到的细纹。她走到床边，俯下身子。

"这是怎么了？"她问他，"今天晚上过得很开心，我们都该睡觉啦。"

他当着她的面笑出了声。"你真是脑子有病，"他对她说，"而且丝毫不懂别人的心思。不过，我没事，不用管我。"他又往上拉了拉被子，喘着粗气。"有一趟五点的渡轮，半个小时左右就要开了。你明天晚上会回来吗？我还是在酒吧里，老地方。"

她答应他，自己第二天晚上会回来。他告诉她怎么走到码头，她帮他打开窗户，然后离开了。

戈林小姐太蠢了，竟然忘记带钥匙，只好敲门，以便回到自己家中。她敲了两下，立马听到有人跑下楼来。门还没开，她就听出是阿诺德。他穿着一件玫瑰色的睡衣，下面穿着裤子，背带垂在腰际。才过这么短的时间，他的胡子便长长了一点，看上去比以往更邋遢了。

"阿诺德，怎么了？"戈林小姐问，"你看上去糟透了。"

"唉，今天晚上真难熬，克里斯蒂娜。我刚刚才将泡泡哄睡，她担心得不得了。说实话啊，你真是太不为我们着想了。"

"谁是泡泡？"戈林小姐问他。

"泡泡，"他说，"是我给加默隆小姐起的名字。"

"这样啊，"戈林小姐说着进了屋，坐在壁炉前，"我坐渡轮回到了那边的大陆，一时忘了时间。明晚可能还会去一趟。"她又补充道："虽然我并不十分乐意前往。"

"真搞不明白，为什么你会觉得寻访一个新的城市如此有趣且充满启迪呢？"阿诺德托着腮帮子，盯住她问。

"因为我认为对我来说，最艰难的可能莫过于改变，从一件事跳到另一件事上。"戈林小姐说。

"我内心，"阿诺德试图用更为随意的口吻说，"我内心一直在经历小小的冒险，而且我每半年就要改头换面一番。"

"我才不信呢。"戈林小姐说。

"不，不，是真的。而且说实话，我认为从一个地方换到另一个地方，一点意义都没有。所有地方都大同小异。"

戈林小姐没有答话。她把披肩往上拉了拉，突然显得非常苍老，而且很忧伤。

这让阿诺德怀疑起自己的话来，他立马下定决心，第二天晚上要沿着戈林小姐的足迹踏上同样的旅程。他将头摆正，从衣服口袋里拿出一本笔记本。

"你能具体告诉我怎样才能到达大陆吗？"阿诺德说，"火车什么时候开，之类的。"

"你问这个干吗？"戈林小姐说。

"因为明天晚上我要亲自去一趟。我还以为你肯定猜到了呢。"

"没有,从你刚刚跟我讲的话来看,我怎么可能猜得到。"

"好吧,我嘴上这么说着,"阿诺德说,"但内心深处其实跟你一样,也是个疯子。"

"我想见见你父亲。"戈林小姐对他说。

"我想他睡了吧。真希望他能幡然醒悟,赶紧回家去。"阿诺德说。

"呃,我倒希望他不会,"戈林小姐说,"我很依恋他。我们上楼去他的房间看看吧。"

两人一起上了楼,加默隆小姐出来了,站在楼梯口等他们。她的双眼肿得厉害,裹着一件厚重的羊毛睡袍。

她带着浓浓的睡意对戈林小姐说:"下次再这样,就会是你最后一次见到露西·加默隆。"

"泡泡,"阿诺德说,"别忘了,这可不是一个普通的家庭,你得允许你的室友们[1]做点出格的事。我觉得我们互称室友蛮好。"

"阿诺德,"加默隆小姐说,"你可住嘴吧。我下午怎么跟你说来着?你还在这儿胡说八道。"

"露西,别这样嘛。"阿诺德说。

---

[1] 此处原文为"inmates",尤指一同住在监狱或医院里的人。——编者注。

"来，来，我们都去悄悄看一眼阿诺德的父亲吧。"戈林小姐建议道。

加默隆小姐跟在他们身后，不过是为了压低声音继续数落阿诺德。戈林小姐打开门，房间很冷，此刻她才意识到天已亮了。一切发生得很快，也就她和阿诺德在客厅里说话那会儿，不过因为外面长着茂密的灌木，房间里总是很暗。

阿诺德的父亲仰面躺着，还在睡。他面容平静，呼吸均匀，没有打鼾。戈林小姐抓住他的肩膀，摇了几次。

"这所房子里发生的事，"加默隆小姐说，"越来越接近犯罪了。现在你竟然要吵醒一个需要睡眠的老人，还是在这破晓时分。克里斯蒂娜，我眼睁睁看着你变成这样，真是不寒而栗啊。"

阿诺德的父亲终于醒了。他愣了一会儿，不明白发生了什么事；反应过来后，他支起身子，跟戈林小姐打起趣来。

"早上好呀，马可·波罗夫人。你从东方带回了什么珍宝呢？见到你真高兴，如果你希望我陪同前往某处，我已整装待发。"他又躺回枕头上。

戈林小姐说她待会儿再来看他，自己现在急需好好休息一下。他们离开了房间，门还没关上，阿诺德的父亲又睡着了。在楼梯口，加默隆小姐哭了起来，还一度将头伏在戈林小姐肩头。戈林小姐紧紧抱着她，求她别哭了。随后她分别亲了亲阿诺德和加默隆小姐,跟他们道晚安。回到自己的房间后,有一阵子,她感到极度恐惧,但很快就沉沉睡去了。

第二天下午五点半左右,戈林小姐宣布自己准备晚上再回大陆那边一趟。当时加默隆小姐正站着缝补阿诺德的一只袜子。她比平时穿得更有女人味,裙子领口一圈荷叶边,两颊涂了很重的腮红。老爷子在角落里的椅子上读着朗费罗[1]的诗歌,时而大声朗诵,时而默默欣赏。阿诺德仍和前一天晚上穿得一样,只是在睡衣上套了一件毛衣。毛衣前面有很大一块咖啡渍,烟灰也撒在了胸前。他睡眼惺忪地躺在沙发上。

"除非我死了,不然你休想再回去,"加默隆小姐说,"行行好吧,克里斯蒂娜,清醒清醒,让我们一起度过一个愉快的夜晚吧。"

戈林小姐叹了口气。"唉,就算没有我,你和阿诺德还是可以一起度过一个非常愉快的夜晚啊。很抱歉,我也想留下来,但感觉必须要去一趟。"

"你这么装神弄鬼的,真是要把我逼疯了,"加默隆小姐说,"你家里人在这儿就好了!我们为什么不叫辆车去城里呢,"她满怀希望地说,"可以吃点中餐,然

---

[1] 指亨利·沃兹沃思·朗费罗(Henry Wadsworth Longfellow,1807—1882),美国著名诗人、翻译家。——编者注。

后去看戏，或者看场电影也行，如果你还是不舍得花钱的话。"

"你和阿诺德为什么不去城里吃点中餐然后去看戏呢？我很乐意出钱让你们去，但恕我无法陪同。"

戈林小姐如此轻易就打发了他，这让阿诺德越想越恼火。她说话那样儿，也让他觉得自己仿佛低人一等，很不好受。

"不好意思，克里斯蒂娜，"他在沙发上说，"我不想吃中餐。我也一直盘算着去小岛那边的大陆游览一番呢，什么都阻止不了我成行。露西，我希望你能和我一起去；事实上，我们为什么不一起前往呢？克里斯蒂娜把去大陆这事搞得神秘兮兮的，真是莫名其妙。我觉得这没什么好稀奇的。"

"阿诺德！"加默隆小姐冲他尖叫道，"你也疯了吗？如果你认为我会平白无故跳上一列火车，还搭渡轮，最后落脚在什么穷乡僻壤里，那你真是没救了。我可听说除了沉闷无趣外，那小镇子还民风彪悍着咧。"

"就算是这样，"阿诺德坐了起来，双脚落在地板上，说道，"我今天晚上还是要去。"

"那样的话，"阿诺德的父亲说，"我也去。"

见他们也要来，戈林小姐暗地里感到开心，也不敢跟他们说不——虽然她认为应当阻止他们。如果他们跟着，深夜出行在她眼中几乎就毫无价值，不再关乎道德追求了。但是她太开心了,只好说服自己,仅此一回,下不为例。

"你最好也一起,露西,"阿诺德说,"不然就剩你自己在这儿了。"

"这再好不过,"露西说,"最终我会是唯一完好无损的正常人。兴许你们走了,我还乐得自在呢。"

阿诺德的父亲鄙夷地哼了一声,加默隆小姐于是离开了房间。

这次火车上挤满了人,有许多男孩子在过道里走来走去,兜售着糖和水果。那天出奇地暖和,下过一阵小雨,那种夏天常见秋日却少有的阵雨。

太阳垂在天边,雨帘落下后现出一道漂亮的彩虹,只有坐在车厢左侧的人才能看见。不过,大多数坐在右边的乘客现在都在左边那些幸运儿旁探着身子,以便一窥美景。

很多女人在大声地向她们的朋友说出那些她们能分辨出的颜色。车上所有人都沉浸在喜悦中——除了阿诺德。说也说了,来也来了,他现在感到非常郁闷,一来不得不从沙发上起身,这整个晚上都可能会非常无聊;二来他很怀疑自己还能不能同加默隆小姐和好如初。他很清楚,她就是那种一气便会气上好几个礼拜的人。

"啊,真是太太太开心了,"戈林小姐说,"彩虹,落日,还有这些跟麻雀一般叽叽喳喳的人。你不觉得开心吗?"戈林小姐对阿诺德的父亲说。

"是的,"他说,"仿佛坐着魔毯飞行。"

戈林小姐端详着他的脸,因为她听出他语气中带着一丝忧伤。事实上,他看上去有点局促,不住环顾着四周的乘客,还老是拽自己的领带。

他们终于下了火车,登上渡轮。就像戈林小姐前一天晚上那样,他们都站在船头的甲板上。这次当渡轮靠岸时,戈林小姐往上瞧,却没见到有人下山来。

"通常,"她忘了自己才来过一次,对他们说道,"山上全是人。真想不通他们今天晚上都跑哪儿去了。"

"这坡可真陡,"阿诺德的父亲说,"没办法绕过这山去镇子里吗?"

"我不清楚。"戈林小姐说。她看着他,发现他的两只袖子太长了。实际上,整件衣服对他来说都偏大了一点。

虽然之前没看到山上有人要去搭渡轮或才从渡轮上下来,主干道上却可谓人山人海。电影院灯火辉煌,售票处前排着长龙。显然刚刚出现了火情,离电影院不过几个街区的地方,三辆红色的消防车停在路边。戈林小姐判断火势不大,因为既闻不到烟味,也没看见烧黑的楼房。不过,很多年轻人围着那几辆消防车,和待在上头的消防员开着玩笑,倒让街道更显热闹了。阿诺德迈着轻快的步子,仔细打量着街面上的一切,假装被这个小镇子给迷住了。

"我可算是知道了,"他对戈林小姐说,"这地方棒极了。"

"什么那么棒?"戈林小姐问他。

"所有这一切啊。"突然,阿诺德猛地停住了脚步。"快看呀,克里斯蒂娜,简直太美了!"他们停在两栋房子之间一片很大的空地前,这空地被改造成了一个崭新的篮球场。地面铺着灰色的柏油,显得很素雅;场地也很明亮,四盏巨大的灯照着打球的人和篮筐。场子旁边有售票处,凭票可进去玩上一个小时。打球的大多是些小男孩,还有几个穿着队服的男人,阿诺德判断他们是工作人员,购票参加的人数不足以组成两队时,他们便补上。他激动得脸都红了。

"这样,克里斯蒂娜,"他说,"你们先去,我来试试这个,待会儿去接你和爸。"

她把酒吧指给他看,但觉得阿诺德没怎么认真听。她和阿诺德的父亲一起停留了一会儿,看着他奔向售票处,急不可耐地将零钱递进窗口。很快他就上场了,穿着外套东奔西跑,张开双臂上蹿下跳。一个穿队服的男人很快退出了比赛,好给阿诺德腾出位置,但是此刻又拼命想引起他的注意,因为阿诺德买票时着急忙慌的,那人都没来得及给他彩色的袖章,以区分敌友双方。

"我想,"戈林小姐说,"我们还是走吧。阿诺德应该很快就会来。"

他们沿着街道往前走。在酒吧门口,阿诺德的父亲犹豫着该不该进去。

"来这儿的都是些什么人?"他问她。

"呃,"戈林小姐说,"我猜什么样的人都有吧。大款,穷人,打工的,开银行的,罪犯,侏儒。"

"侏儒。"阿诺德的父亲惴惴不安地重复了一句。

他们刚走进去,戈林小姐就看见了安迪。他坐在吧台靠里的一侧喝着酒,帽子往下拉,遮住了一只眼睛。戈林小姐赶忙让阿诺德的父亲在一个座位上坐好。

"把外套脱了吧,"她说,"然后在吧台后面那个男人那儿点些喝的。"

她朝安迪走去,向他伸出手。他摆出一副臭脸,傲慢得很。

"你好,"他说,"你还是决定回到大陆这边啰?"

"当然啦,"戈林小姐说,"我跟你说了我会回来的嘛。"

"呵呵,"安迪说,"这么多年我早就看透了,这话当不得真。"

戈林小姐感到有点无所适从。有那么一阵子,两人并排站着,都没说话。

"不好意思,"安迪说,"晚上没啥可玩的。镇里就一家电影院,今儿个放的电影糟透了。"他又给自己点了一杯酒，一饮而尽，然后慢慢转动收音机的拨盘，找到了一首探戈舞曲。

"请你跳支舞如何？"他问道，情绪似乎高昂了一点。

戈林小姐点了点头。

他紧紧扶住她，力气之大，使她的姿势显得相当别扭。他领她跳到一个偏远的角落。

"那么，"他说，"你想让我开心一下吗？我可没时间浪费。"他将她推开，面朝她站得笔直，双手垂在两侧。

"请往后站一点，"他说，"好好看看眼前这个男人，然后告诉我你要还是不要。"

戈林小姐想不出自己除了"要"以外，还能回答什么。他站在那儿，昂着的头微微转向一侧，似乎在憋住不眨眼睛，跟拍照时一个样。

"好吧，"戈林小姐说，"我要你做我的男人。"她对他甜甜一笑，但其实根本没仔细掂量自己的话。

他张开臂膀，两人继续跳了起来。他得意地向下看着她，嘴角还挂着点微笑。一曲舞毕，戈林小姐猛然记起阿诺德的父亲一直独自待在座位上，感到一阵痛心。让她尤其觉得过意不去的是，从坐上火车起，他看上去便很难过，一下子老了许多，完全不似住在岛上这几天那般古怪有趣，甚至跟他们初次见面时戈林小姐眼中那位癫狂的绅士也判若两人。

"哎呀，我得把你介绍给阿诺德的父亲，"她对安迪说,"跟我到这边来。"

到了阿诺德父亲身边,她愈加懊恼不已。他就坐在那儿,什么也没点。

"这是怎么了?"戈林小姐吊着嗓子,听上去就像个激动的母亲,"你干吗不给自己点些喝的?"

阿诺德的父亲偷偷打量着四周。"我不知道,"他说,"就是不想点。"

她分别介绍了两人,然后坐了下来。阿诺德的父亲非常礼貌地问安迪是否住在镇上,做什么工作的。聊着聊着,他们发现两人不仅出生在同一个地方,而且虽然年纪不同,但曾有一段时间同时生活在那个镇子上,只是没有见过面。跟大多数人不一样,知道这一点后,安迪并没有变得更热情。

"是的,"他有些爱搭不理地回答着阿诺德父亲的问题,"1920年我的确住那儿。"

"那么想必,"阿诺德的父亲坐直了一些,"那么想必你跟麦克莱恩一家很熟啰?他们住在山上,有七个孩子——五个女孩,两个男孩。你肯定记得,他们所有人都有一头浓密而火红的头发。"

"我不认识他们。"安迪轻声说,脸已经有点憋红了。

"真奇怪,"阿诺德的父亲说,"那么你肯定认识文森特·康奈利、彼得·杰克逊,还有罗伯特·布尔。"

"不,"安迪说,"我不认识。"他的好兴致此刻已然烟消云散。

"他们,"阿诺德的父亲说,"掌管着镇上的主要事务。"他仔细端详着安迪的脸。

安迪又摇了摇头,移开了目光。

"里德顿呢?"阿诺德的父亲冷不丁问道。

"什么?"安迪说。

"里德顿,银行行长。"

"呃,不算认识。"安迪说。

阿诺德的父亲靠着椅背,叹了口气。"你当时住哪儿?"他最后终于开口问安迪。

"住在,"安迪说,"议会街和伯德大道的尽头。"

"动迁以前那儿真是糟透了,不是吗?"阿诺德的父亲说,眼神中满是回忆。

安迪猛地将桌子推向一边,快步朝吧台走去。

"整个镇子里他连一个有头有脸的人都不认识,"阿诺德的父亲说,"议会街和伯德大道那地儿——"

"快别说了,"戈林小姐说,"瞧,你已经冒犯到他了。怎么就聊成这样了,你们明明一点不在乎这种事啊!都鬼迷心窍了吗?"

"他这人没什么教养,没想到你竟然跟这种人打交道。"

阿诺德的父亲有些惹恼了戈林小姐,但她什么也没说,而是转身去安慰安迪。

"请别介意,"她说,"他其实是个很讨人喜欢的老头,还有点诗人气质。只是最近这些天来,他的生活发生了许多翻天覆地的变化,我猜他有点不适应吧。"

"诗人气质?"安迪打断了她,"这人就是只自命不凡的老猴子。"安迪气急了。

"不是的,"戈林小姐说,"他不是自命不凡的老猴子。"

安迪喝完酒,双手插袋大摇大摆地走到阿诺德父亲旁边。

"你就是只自命不凡的老猴子!"他对他说,"一只自命不凡又一无是处的老猴子!"

阿诺德的父亲垂下眼睛,默默地离开了座位,朝门口走去。

戈林小姐听到了安迪的话,赶紧去追阿诺德的父亲;但是经过安迪时,她悄悄告诉他,自己很快就回来。

在外头时,两人一起倚着路灯杆。戈林小姐看得出阿诺德的父亲在发抖。

"我这辈子还没被人这么羞辱过,"他说,"那个男人真是猪狗不如。"

"呃,别放在心上,"戈林小姐说,"他就是脾气不太好。"

"脾气不太好?"阿诺德的父亲说,"他就是个土里土气的大老粗,现在这种人真是越来越多了。"

"拜托,"戈林小姐说,"这都哪儿跟哪儿啊。"

阿诺德的父亲看着戈林小姐。这个晚上,她的脸显得格外好看,他懊恼地叹了口气。"我想,"他说,"因为某个你才清楚的缘故,你对我极为失望吧。你心中对他存有敬意,那里却无法为我留下位置。人性变幻莫测,令人着迷,但请记住,就因为更为年长,我已然能够正确无疑地辨识某些迹象。换作是我,就不会过于信任那个男人。亲爱的,我爱你,全心全意,这你是知道的。"

戈林小姐静静地站着,没有说话。

"你让我感到很亲近。"过了一会儿,他说道,还捏了捏她的手。

"呃,"她说,"你还愿意回酒吧吗?还是到此为止?"

"哪怕我有一丝一毫想要回去的想法,也不可能再踏入那酒吧了。我最好还是走吧。亲爱的,你不会跟我走吧,是吗?"

"非常抱歉,"戈林小姐说,"我有约在先了。你想让我陪你走到篮球场那边吗?说不定这会儿阿诺德已经不想打球了。要不然,你也可以坐下来看一会儿比赛。"

"好的,那就麻烦你了。"阿诺德的父亲说,声音如此悲凉,几乎让戈林小姐的心都碎了。

很快他们便走到了篮球场。局势出现了变化,大多数小男孩下场了,一批年轻男女取而代之。女人们在尖声笑着，很多人围拢来看比赛。戈林小姐和阿诺德的父亲在那儿站了不过一分钟，就发现原来阿诺德自个儿便是欢乐的源泉。他已经脱掉了外套和毛衣，两人惊讶地发现，他竟然还穿着那件睡衣。他把衣摆从裤子里扯出来，好让自己显得更搞笑。他们看着他抱着球跑过场地，像头狮子一般咆哮着。然而，等到了关键位置，他却没有传球给队友，而是将球直接摔到双脚间的地面上，然后像只山羊一样去顶对方球员的肚子。人群中爆发出如雷般的笑声。那些穿着队服的工作人员尤其开心，这意想不到的插曲给他们夜间的工作带来了许多乐趣。他们站成一排，笑容很灿烂。

"我来试试看能不能给你找到一把椅子。"戈林小姐说。她很快便回来了，带阿诺德的父亲走到一把折叠椅边，这是之前一位热情的工作人员支在售票处外面的。阿诺德的父亲坐下来，打起了哈欠。

"再见了，"戈林小姐说，"再见了，亲爱的，在这儿等着阿诺德打完比赛。"

"稍等，"阿诺德的父亲说，"你什么时候回岛上？"

"我可能不会回去，"她说，"我可能不会马上回去，不过我会确保加默隆小姐收到足够的钱以维持家用。"

"但我还是得跟你道别啊。就这样离开未免太残忍了。"

"那，先过来一下。"戈林小姐说着抓起他的手，拉着他艰难地穿过人群,走到路边。

阿诺德的父亲抗议着,说给他一百万他都不会再回到那个酒吧了。

"我没有要把你拽去酒吧,别犯傻了,"她说,"看到了没?街对面有一家冰激凌店。"她指着一家几乎就在对面的小小的白色店铺。"如果我没回家——这极有可能——你能在周日上午去那儿和我见面吗?也就是八天后,上午十一点。"

"八天后我会在那儿的。"阿诺德的父亲说。

那天晚上,她和安迪回到他的房子里时,注意到沙发旁边的桌子上放着三枝长梗玫瑰。

"哇,好漂亮的花儿啊!"她叫道,"这让我想起,我母亲曾经拥有方圆几英里内最美的花园。她种的玫瑰得了许多奖。"

"呃,"安迪说,"我家里可没人因为玫瑰得过什么奖。不过,我这是专门买给你的,想着兴许你会来。"

"我太感动了。"戈林小姐说。

戈林小姐已经和安迪在一起住了八天。他还是那么紧张兮兮的,但整个人看上去似乎乐观了许多。让戈林小姐感到惊讶的是,她来的第二天,他便谈起了镇上潜在的商机。他竟然知道这片儿最有权势的人物是谁,甚至对他们的私生活也颇为了解,这也让她极为吃惊。周六晚上,他向戈林小姐宣布,自己将于次日清晨与贝拉米先生、施拉格尔先生和多克蒂先生进行商业会晤。不仅仅是这个镇子,附近好几个镇子的房地产业都主要落在这几个人手中。此外,他们还拥有周边农村地区的许多农场。他向她讲述了自己的计划,激动不已。大致说来,他打算把城里那几栋楼卖了——已经有人打算出一笔小钱买下了——然后入股他们的产业。

"他们是这镇子里最聪明的三个家伙,"他说,"但不是什么恶棍,而是出身名门,我觉得这样对你也好。"

"我对这种事毫无兴趣。"戈林小姐说。

"当然啰,你我都不可能对这种事产生兴趣,"安迪说,"不过你要明白,我们总得生活啊,除非我们希望自己活得像个不管不顾的小孩子,或是东躲西藏的疯子,诸如此类的人。"

这几天来,戈林小姐已经清醒地认识到,安迪不再把自己当成个无业游民了。倘若她对改造自己的朋友有兴趣的话,这会让她相当高兴的;可是,很不幸,她只对如何获得自己的救赎感兴趣。她挺喜欢安迪,然而过去的两个晚上,她都感受到了一股想要离开他的冲动。这其中有很大一部分原因是,有个陌生人开始频繁光顾酒吧。

新来的人身材魁梧,她只见过他两次,对方每次都穿着一件巨大的黑色外套,衣服剪裁得体且用料考究。她只瞥见过一两眼他的脸,但目之所及已经让她足够害怕,以至于最近这两天脑子里几乎装不下别的。

他们注意到,这个男人坐着一辆非常漂亮的车来酒吧,这车很大,看上去更像是一辆灵车而非私家汽车。一天,当那男人坐在酒吧里喝酒时,戈林小姐仔细打量了一番这辆车。车子看上去几乎全新,她和安迪透过车窗往里看,两人有些惊讶地发现,车里堆着很多脏衣服。戈林小姐现在满脑子想的都是,如果这个人愿意让她在一段时间里做他的情人,她该怎么办。她几乎可以肯定,他有意于此,因为好几次她都发现他在偷看自己,她已然学会了辨认男人们的这种眼神。她只能寄希望于他在自己接近他之前就消失不见,这样的话,她便解脱了,还能在安迪身上消磨掉一点时间。安迪现在看上去如此纯良,以至于她和他开始就一些小事争吵,仿佛他是自己的弟弟一般。

周日早上,戈林小姐醒来后发现安迪穿着衬衫,正在擦拭客厅里的几张小桌子。

"怎么啦?"她问他,"你怎么像个新娘子一样忙得团团转?"

"你不记得了吗?"他问,看上去有点伤心,"今天是个大日子——会晤的日子!他们一大早就会来这儿,三个人都来。他们可是起早贪黑的,这些生意场上的人。

"你可不可以,"他问她,"你可不可以把这屋子搞得好看一点儿?你瞧,他们都有老婆,即便这些人说不出他们客厅里到底有些什么,他们的老婆可都花大价钱买装饰品,他们的眼睛恐怕已经适应了这些花里胡哨的东西。"

"听着,安迪,这房间很丑,我不认为有什么东西可以让它显得好看一点。"

"是的,我想这房间是不大行,之前从没注意过。"安迪穿上一件海军蓝的西装,将头发梳得一丝不乱,还抹了点发油。之后便将双手插在屁股口袋里,在客厅里来来回回地踱着步。阳光从窗台倾泻而入,暖气片发出恼人的呜呜声,房间里太热了,自从戈林小姐来了后便一直如此。

贝拉米先生、施拉格尔先生和多克蒂先生收到了安迪的信,此刻正在上楼。他们这次赴约,更多是出于好奇,还有常年养成的习惯,即绝不让任何事物从自己眼皮底下溜走——而非真的相信会有什么收获。闻到走廊里廉价饭菜那令人恶心的味道后,他们用手捂住嘴,以压低笑声,还打趣着假装要逃回楼梯口。但他们其实并不太介意,今天是周日,他们宁愿出来一起晃荡而不是和家人待在一块儿,所以他们继续往前,敲了敲安迪家的门。安迪迅速擦了下汗津津的手,跑去开门。他站在门口,热情地同每个人握过手后,才邀请他们进来。

"我叫安德鲁·麦克莱恩,"他对他们说,"很抱歉我们之前从未谋面。"他领他们进到房间里,那三个人都很快意识到,这里热得要命。多克蒂先生是三人里脾气最冲的,他转身向着安迪。

"哥们儿,开下窗户行不行?"他扯着大嗓门说,"这里要热翻天了。"

"哎呀,"安迪脸红了,"我该想到这点才是。"他走过去,打开了窗户。

"哥们儿,你怎么受得了啊?"多克蒂先生说,"你这是要孵蛋啊?"

他们三个站在沙发边,围成一团,还抽出雪茄来,细细品评了一番。

"哥们儿,我们两个坐沙发,"多克蒂先生说,"施拉格尔先生可以坐在这把小椅子上。那你坐哪儿呢?"

多克蒂先生几乎一眼就认定安迪是个十足的傻瓜,于是反客为主起来。这让安迪极为尴尬,他愣在那儿,盯着这三个人,一句话也说不出来。

"来,"多克蒂先生从角落里拿来一把椅子,放在沙发边上,"来,你坐这里。"

安迪一声不吭地坐了下来,把玩着自己的手指。

"跟我说说,"贝拉米先生说,他比另外两人更亲切和善一些,"跟我说说,你在这儿住多久了?"

"我在这里住了两年了。"安迪有些蔫蔫地答道。

那三个人琢磨了一会儿这话。

"那,"贝拉米先生说,"跟我们说说,这三年来你都干了些什么?"

"是两年。"安迪说。

安迪本打算将自己的人生故事细细说给他们听,因为他怀疑对方可能会打听一下他的私人生活,好搞清楚自己在和什么人打交道。他认为明智的做法是,不告诉他们过去两年里自己什么也没干。只是,他想象中的会晤,气氛会友好得多。他以为,发现有人愿意在自己的生意上投点钱,那些人会很高兴,会毫不犹豫地认定对方是一个正直而勤劳的人。但是现在呢,他觉得那几个人在盘问自己,把他当成个傻子——他恨不能夺门而去。

"什么也没干,"他避开他们的目光,说道,"什么都没有。"

"我总是觉得很惊讶,"贝拉米先生说,"人们怎么闲得下来的——当然啰,正常休闲不算。我是说,这买卖我们干了三十二年了,每天我都至少有十三四件事要处理。这听上去有些夸张,你或许觉得不可能,但我一点都没有夸大其词,事实就是如此。首先我要亲自查看我们名下的每所房屋,管道啊排水啊之类的都要看。我得看房子是否得到了妥善维护,还要在各种天气中过去,看看房子在暴风雨或暴风雪中状况如何。我清楚我们名下每所房子供暖所需的耗煤量,我还会亲自跟我们的客户谈,试图帮他们调整要价,不管他们是租房还是卖房。

比方说，如果他们要价太高——因为我知道市场行情嘛——我就劝他们降点价，更接近市场价。相反，如果要价太低，而我知道……"

另外两个人听得有些不耐烦了。明眼人都看得出来，贝拉米是三人中地位最低的，虽然他很可能包揽了所有的脏活累活。施拉格尔先生打断了他。

"那什么，"他对安迪说，"跟我们讲讲到底怎么回事。在信里，你说你有一些想法，你认为我们能因此获利——当然啰，你自己也是。"

安迪从椅子上站了起来。这几个人明白无误地看出，安迪异常紧张，他们更加警觉了。

"另外找个时间过来如何？"安迪飞快地说道，"那样我的思路会更清晰一些。"

"哥们儿，别着急，慢慢来，"多克蒂先生说，"我们来都来了，没理由不现在说啊。我们不住镇上，住在二十分钟车程外的丽景园。事实上，丽景园就是我们开发的。"

"那好吧，"安迪走了回来，坐在原来椅子的边沿上，"我自己也有一处小房产。"

"在哪儿呢？"多克蒂先生问。

"一栋楼，在城里，南边，靠近码头。"他告诉了多克蒂先生街道的名称，然后便咬着嘴唇一声不吭地坐着。多克蒂先生什么也没说。

"是这样,"安迪继续开口说道,"也许我可以将这栋楼的所有权移交给贵公司,以获取部分股份——至少要让我在你们那儿工作,然后给我销售提成。当然啰,你们不需要立马兑现这些权益,感兴趣的话,我们之后再谈具体细节。"

多克蒂先生闭上眼睛,片刻后,开口对施拉格尔先生说道。

"我知道他说的那条街。"他说。施拉格尔先生摇了摇头,还做了个鬼脸。安迪盯着自己的鞋子。

"很长一段时间里,"多克蒂先生继续对施拉格尔先生说道,"很长一段时间,那片儿的房子都是滞销货。在棚户区里都算差的,挣来的钱勉强能维持开支。施拉格尔,你记得吧,因为那里交通不便,周围还都是卖鱼的市场。"

"还有,"多克蒂先生转身对安迪继续说道,"我们公司明文规定,雇人都得走正常招聘流程。朋友,等着在我们那儿谋得一席之位的人,名单有我胳膊那么长;大家都眼巴巴等着我们给饭碗呢,什么样的活儿都干。都是些优秀的年轻人,大多数才刚刚大学毕业,盼着早点工作,把他们学会的那些时髦的销售技巧付诸实践。他们有些人家里跟我还有点来往,可是我能力有限啊,都没办法帮帮这些小伙子。"

就在这时,戈林小姐从房间里跑了过去。"我要去见阿诺德的父亲,已经迟到一两个小时了,"她出门时扭过头喊了一句,"待会儿见。"

安迪此时已经站起了身,面向窗户,背对着那三个男人。他的肩胛骨在抽动着。

"那是你老婆吗?"多克蒂先生大声问道。

安迪没有回答,但过了几秒钟,多克蒂先生又问了一遍——主要是因为他怀疑那不是安迪的老婆,很想知道自己猜得对不对。他踢了踢施拉格尔先生的脚,两人都向对方眨了眨眼。

"不是,"安迪转过身来,怒火将脸烧得通红,"不是,她不是我老婆,她是我女朋友,她在这儿跟我住了快一个星期了。你们还有什么想要知道的吗?"

"哥们儿,冷静冷静,"多克蒂先生说,"没什么好激动的。她是个很漂亮的女人,非常漂亮。如果你是因为我们之前谈的事而感到不快的话,那也大可不必。我们就像伙伴一样,把所有情况都原原本本解释给你听了。"安迪看向窗外。

"还有其他工作更适合你,跟你的背景也更匹配,"多克蒂先生说,"那样你会开心得多。你去问问你女朋友,看是不是这样。"安迪还是没有答话。

"还有其他工作。"多克蒂先生又试着说了一遍,见安迪仍无反应,他耸了耸肩,颇为费劲地从沙发上站了起来,扯了扯西装背心和外套。另外两人也跟着起身。

他们礼貌地对着安迪的背影道了别，便离开了房间。

戈林小姐跑进冰激凌店时，阿诺德的父亲已经在里头坐了一个半小时。他看上去孤苦伶仃的，没想过可以买本杂志读读，店里也没其他人好打量，现在还是上午，客人一般下午才到。

"啊，亲爱的，真是太对不起了！"戈林小姐说着握住他的双手，贴在嘴上。他戴着羊毛手套。"这手套让我想起了童年时光，真怀念啊。"戈林小姐又说道。

"这些天来我觉得很冷，"阿诺德的父亲说，"加默隆小姐就去镇子上给我买了这个。"

"这样啊……大家近来可好？"

"我等会儿再跟你细说，"阿诺德的父亲说，"不过亲爱的，我想知道你过得好不好，还打算回岛上去吗？"

"我——应该不回了，"戈林小姐说，"至少短期内不回。"

"那，我必须得告诉你，我们的生活发生了许多变化，希望你不要感到错愕，或者觉得不可思议，难以理解。"

戈林小姐扬了扬嘴角，挤出了点笑容。

"最近这些天来，"他继续说，"住在那房子里越来越冷了。加默隆小姐得了感冒，不住地抽鼻子，而且你也知道，自打住进来，她就用不惯做饭的那一套老家什。当然，只要有得吃，阿诺德倒不介意；但最近加默隆小姐索性连厨房也不进了。"

"所以呢?不要这么慢条斯理的,赶紧告诉我。"戈林小姐催促道。

"我已经说得够快了,"阿诺德的父亲说,"有一天,阿诺德的一个同学,叫阿黛尔·怀曼的,在镇子上碰着他了,两人一起喝了杯咖啡。聊天时,阿黛尔提到自己住在岛上一栋两家合用的房子里,她很喜欢那儿,但是非常担心,不清楚另一半房子里到时会搬进些什么人。"

"好吧,我猜于是他们搬进了这所房子,现在就住在那儿。"

"他们搬进了那房子,住到你回去为止,"阿诺德的父亲说,"幸运的是,你之前的那座小房子没有租约;因此,正好到了月末,他们觉得搬出去也未尝不可。加默隆小姐问你可否将租金寄到新的住处,阿诺德主动提出要支付差价,虽然钱非常少。"

"不用,不需要。还发生了什么事吗?"戈林小姐说。

"呃,我还想告诉你,"阿诺德的父亲说,"我决定要回到自己家中,回到我妻子身边了。"

"为什么?"戈林小姐问。

"各种因素都有吧,我老了,想回家了。"

"唉,"戈林小姐说,"事情最后都不了了之,真遗憾,不是吗?"

"是的,非常遗憾。不过我来这儿,不仅仅是因为爱你,想要同你道别,还想请你帮个忙。"

"愿意效劳,"戈林小姐说,"只要我能办到。"

"是这样,"阿诺德的父亲说,"我给我夫人写了封短信,想要请你先过目。我想先把信寄给她,第二天再回家。"

"当然可以。"戈林小姐说。她见阿诺德父亲前面的桌子上躺着一封信,于是拿了起来。

亲爱的埃塞尔(她读道):

你一直很包容我,体恤我,我希望你怀着同样的情感阅读这封信。

我要说的是,每个男人,终其一生,总会在某个时刻感受到一股强烈的冲动,想要抛弃自己原有的生活,重新来过。如果他住在海边,那便是迫切想要登上下一艘离岸的船,不管他的家庭如何幸福,不管他多爱自己的妻子或母亲。如果这人住处旁边便是一条大路,他也许渴望背上行囊,踏上旅途,撇下美满的家庭。一旦不再青春年少,便很少有人会追随这股冲动。但在我看来,有时年岁渐长同青春年少一样会叫人头脑发昏——如同喝了上头的浓醇香槟,我们因此敢为以往所不敢为之事,或许我们感觉这是最后的机会了。然而,年轻时我们也许可以将这种冒险贯彻到底,我这把年纪的人却很快就会发现这不过是痴心妄想,我们心有余而力不足了。让我回到你身边,好吗?

爱你的丈夫,

埃德加

"信很简短,"阿诺德的父亲说,"我想说的都在里面了。"

"你真是这么想的吗?"戈林小姐问。

"我觉得是的,"阿诺德的父亲说,"应该是的。当然了,我没有跟她提过我对你的感情,不过她猜得出来,这种事还是不说破为好……"

他低头看着自己的羊毛手套,好一会儿都没再吱声。突然,他又将手伸进兜里,拿出另一封信。

"抱歉,"他说,"差点忘了。这是阿诺德写给你的信。"

"哟,"戈林小姐边打开信边说道,"他会写些什么呢?"

"肯定是没话找话呗,还有叨叨跟他住一起那娘们儿,那还不如啥也不讲。"戈林小姐打开了信,大声读了出来。

亲爱的克里斯蒂娜，

  关于近期我们变换住处的事，我已经嘱托父亲向你解释过了，希望他已讲明原因。我们不至于考虑不周，草率行事，希望你能满意。露西想要你寄钱到现在这个地址，父亲应当提及了这点，但我怕他忘了。自你出走后，露西非常伤心，整日不是恶言恶语就是唉声叹气。我原以为我们搬家后，情况会好一点；但她仍然长时间沉默不语，还常常在深夜哭泣，更别提现在脾气变得极差，我们才搬来两天，她已经和阿黛尔吵过两架了。可见露西是个极为脆弱又相当古怪的人，跟她相处，我觉得很有意思。与之相反，阿黛尔性情平和，但是极富学识，对任何艺术门类都兴趣斐然。我们正考虑，等安顿好后，一起办份杂志。她是个金发姑娘，很漂亮。

  亲爱的，我很想你，我也希望你相信，一旦我搞清楚自己内心真实的渴望，我将打破这自缚之茧——我想这一天终会到来的。我将永远记住我们初见时，你说给我听的故事，我总觉得那里头隐藏着别样的意义，虽然我得承认，现在的我还说不上来那究竟是什么。我得走了，要送点热茶去泡泡的房间。

  恳请你，一定要对我抱有信心。

爱你的，
阿诺德

"他是个好人。"戈林小姐说。不知为何,阿诺德的信让她觉得有些难过,而他父亲的信却惹她生气,使她感到不解。

"那个,"阿诺德的父亲说,"我得走了,不然赶不上下一班渡轮了。"

"等等,"戈林小姐说,"我陪你走到码头那边。"她迅速解下大衣领口的玫瑰,别在了那老人的翻领上。

他们到达码头时,已经能听到锣声,渡轮就要离岸开往小岛。戈林小姐松了一口气,她之前还担心要等很久,气氛会变得有些伤感。

"嘿,掐着点到了。"阿诺德的父亲尽量显得轻松随意,但戈林小姐看得出他蓝色的双眸湿润了——她也快控制不住自己的眼泪,便从渡轮上移开目光,抬头看向小山。

"不知可否,"阿诺德的父亲说,"借我五十美分。我把钱都寄给我妻子了,今天早上从阿诺德那儿借的又不够。"

她赶紧给了他一美元,两人亲了亲对方以示告别。渡轮开动时,戈林小姐站在码头上,向他挥着手——他恳请她这么做的。

等她回去时,安迪不在家;于是她决定去酒吧喝酒,心想即使安迪没在那儿,也迟早会去。

她在那儿喝着酒,待了好几个小时,夜幕渐渐降临。

安迪还没来,戈林小姐倒觉得舒了一口气。她扭头看到那个有着一辆"灵车"的壮汉走进门来,身子不由自主地打起战,于是朝酒保弗兰克甜甜一笑。

"弗兰克,"她说,"你一天假也没休过吗?"

"不想休。"

"为什么呢?"

"我想要先埋头干活,其他事以后再说。反正我除了想自己的心事外,对什么都不怎么感兴趣。"

"我可不愿意想什么心事,弗兰克。"

"是的,没什么好想的。"弗兰克说。

穿着长大衣的大个子刚刚坐上高脚凳,扔了五十美分在吧台上。弗兰克把酒端给了他。喝完后,他向戈林小姐转过身来。

"喝一杯吗?"他问她。

虽然她很怕他,但他终于开口对自己说话,这让她感到莫名兴奋。好几天来,她就等着这一刻,心里忍不住想要告诉对方。

"非常感谢。"她带着讨好的语气说,巴结的意味如此明显,一向看不惯女人和陌生人搭讪的弗兰克皱紧眉头,走到了吧台的另一边,自顾自看起了杂志。"非常感谢,我来一杯吧。我想说,很长时间以来我都想象着我们能这样一起喝喝酒,现在你开口问我,我可一点也不觉得惊讶。我甚至想过,应该就是在这个时辰,周围没人的时候。"那男人听着,点了一两次头。

"那你想喝点什么?"他问她。他对她的话无动于衷,这让戈林小姐很是失望。

弗兰克把酒端到她面前后,那男人一把抢了过去。

"走,"他说,"另找个座位坐着喝。"

戈林小姐挪下了高脚凳,跟着他来到离门口最远的一个座位上。

"那么,"他们在那儿坐了一会儿后,他问她,"你在这儿工作?"

"哪儿?"戈林小姐说。

"这儿,镇里头。"

"不在。"戈林小姐说。

"那你在其他镇子上工作吗?"

"没有,我不工作。"

"不,你工作的。你别想耍花招,没人骗得了我。"

"我不知道你在说什么。"

"你是个妓女,这是你的揽客之道,不是吗?"

戈林小姐笑了。"天啊!"她说,"我从没想过仅仅因为这一头红发,自己会被认成妓女。也许像个乞丐或是四处逃窜的疯子,但是妓女?怎么可能!"

"我看你可不像什么乞丐或是四处逃窜的疯子,你看上去就像个妓女——你就是个妓女。我不是指那种便宜货,你还不赖。"

"这么说吧,我对妓女没什么意见,但是请放心,我不是。"

"我不信。"

"可是,如果你不相信我说的话,"戈林小姐说,"我们怎么可能交上朋友呢?"

男人又摇了摇头。"你说自己不是个妓女时,我就不信你了,因为我知道你就是个妓女。"

"你说是就是吧,"戈林小姐说,"我懒得跟你吵了。"她注意到那男人和别人不同,他在跟人说话时,脸上的表情毫无变化——她觉得自己之前关于他的一切猜想都被证明是对的。

现在,他的脚正沿着她的大腿往上蹭。她努力想要朝他微笑,但笑不出来。

"快别这样,"她说,"弗兰克站在吧台后呢,很容易就能看见你在做什么,这让我太难堪了。"

他似乎完全不理会她的话,蹭得更欢了。

"愿意跟我回家,吃顿牛排吗?"他问她,"牛排,洋葱,还有咖啡。处得来的话,你可以待个几天,或更长时间。那个叫多萝西的小姑娘一个星期前刚走。"

"听上去不错。"戈林小姐说。

"那行,"他说,"坐车的话到那儿差不多一个小时。我现在得去镇上见个人,不过差不多半个小时就能回来。想吃牛排的话,你最好乖乖待在这儿。"

"好的,我不走。"戈林小姐说。

他才走了没多久,安迪就来了。他双手插在口袋里,大衣领子翻了起来,眼睛盯着自己的脚。

"老天爷啊!"戈林小姐心想,"我得现在就跟他摊牌,可是这一个礼拜以来,从没见他这么沮丧过。"

"你这到底是怎么啦?"她问他。

"去看了场电影,学习学习自控之道。"

"什么意思?"

"我的意思是,我很难过,今天上午整个人都崩溃了,然后我有两个选择,一醉方休还有去看电影,我选了看电影。"

"可是你看上去还是挺郁闷。"

"没有之前郁闷了。我的表情只不过说明我的内心经历了一番痛苦的挣扎,最终战胜了自我——不过你也知道,单从表面看的话,胜方与败方往往也差不太多。"

"胜利昙花一现,不留痕迹;我们能看到的总是失败者的面容。"戈林小姐说。她不想当着弗兰克的面向安迪坦白自己要离开他了——她很清楚弗兰克知道她要去哪儿。"安迪,"她说,"跟我到街对面的冰激凌店好吗?我想跟你说点事。"

"行啊,"安迪的语气比戈林小姐预想中的更为轻松随意,"但我要马上回来喝一杯。"

他们过街来到冰激凌小店里,面对面在一张桌子旁坐下。除了他们俩和一个店员外，店里没有其他人了。两人进来时，那男孩朝他们点了点头。

"又来了？"他对戈林小姐说，"今天上午那老头等你等得够久的。"

"是的，"戈林小姐说，"怪不好意思的。"

"不过离开的时候你给了他一朵花嘛，他心里肯定美滋滋的。"

戈林小姐没答话，时间有些来不及了。

"安迪，"她说，"马上我要去个地方，离这儿差不多一个小时的车程，很可能短时间内都不回来了。"

安迪似乎立马明白过来是怎么回事。戈林小姐靠在座椅上等他回答，只见他将手掌按在太阳穴上，越压越紧。

终于，他抬头看着她。"你，"他说，"一个正派人，怎么能这么对我？"

"呃，安迪，怎么不能呢？你也是知道的，我要追寻引导我的光。"

"但是你知不知道，"安迪说，"当一个男人第一次尝到快乐的滋味时，他的内心是多么丰盈和敏感？就像被一层薄薄的冰禁锢住了的娇嫩植物，在冰融化的那一刻，婷婷而出。"

"这是你从哪首诗里学来的句子吧。"戈林小姐说。

"那又怎样？这会让它黯然失色吗？"

"不会，"戈林小姐说，"我得承认，这比喻很美。"

"你让那冰层融化，却又忍心将那植物撕成碎片吗？"

"哎呀，安迪，"戈林小姐说，"你让我听上去像个十恶不赦的罪人！我不过是在努力完成自己要做的事罢了。"

"你没有权利这样做，"安迪说，"你不是一个人生活在这世上，你还要考虑考虑我啊！"他越说越激动，也许他发现对戈林小姐说什么都于事无补了。

"你难道要我跪下来吗？"安迪一边说着，一边向她挥舞着拳头。话音刚落，他已经跪在了她脚边。那店员吓傻了，觉得自己还是说点什么为好。

"安迪，"他小声说道，"为什么不站起来好好聊呢？"

"因为，"安迪的嗓门越来越高，"因为她不敢拒绝一个跪着的男人。她不敢！这是可耻的。"

"这怎么就可耻了？"戈林小姐说。

"如果你拒绝，"安迪说，"我就让你颜面扫地，我就这么爬到街上去，看你丢不丢得起这个人。"

"我真的没有什么羞耻心，"戈林小姐说，"而且我觉得你也过分夸大了自己的羞耻心，还像个傻子一样不管不顾的。我得走了，安迪，起来吧。"

"你真是疯了，"安迪说，"又疯狂又可怕——就是这样。可怕，你简直就是个怪物。"

"好吧，"戈林小姐说，"也许我的计划显得有些奇怪，但这事我考虑了很久，那便是，那些因为异于常人而觉得自己是怪物的英雄人物，往往很晚才醒悟过来，原来庸常之中潜藏着真正的可怕。"

"疯子！"安迪跪在地上朝她吼道，"你都不配当基督徒。"

戈林小姐轻吻了一下安迪的头，赶紧离开了冰激凌店，她意识到自己再在此地耽搁，就要错过约定的时间了。她判断得很准确，当她到达酒吧时，她的朋友正从里面出来。

"跟我一起走吗？"他说，"我到早了一点，不想等了，我觉得你不会来的。"

"但是，"戈林小姐说，"我接受你的邀请了呀，你为什么觉得我不会来？"

"别那么激动，"那男人说，"来吧，上车。"

车子开出镇子时，经过了那家冰激凌店，戈林小姐望向窗外，想要看看是否能瞥见安迪。奇怪的是，店里挤满了人，人群甚至涌到了街上，堵住了人行道，她没法看到店里的情况。

那男人和穿着便服的司机坐在前排，她独自坐在车后头。这种安排起先让她有些吃惊，但也觉得再好不过。很快她就明白过来他为何如此安排。他们开出镇子不久，他便扭头对她说：

"我现在要睡了。睡这边更舒服,不会摇来晃去的。你可以跟司机说说话。"

"我不想跟任何人说话。"戈林小姐说。

"那你他妈想干吗干吗吧,"他说,"煎牛排前别吵醒我。"他一把拉下帽子,遮住眼睛,睡了。

车子往前开着,戈林小姐渐渐感觉到此生从未有过的孤单难过。她心中充满了对安迪、阿诺德、加默隆小姐还有那位老人的思念之情,很快就在后座静静淌起泪来,拼命忍住才没有打开门跳下车。

他们途经好几个小镇,终于在戈林小姐打盹儿的时候,到了一个不大不小的城镇。

"这就是我们要来的镇子。"司机以为戈林小姐一直百无聊赖地盯着路看,开口说道。这镇子很喧闹,有轨电车的轨道通向四面八方。这响声竟然没有将戈林小姐那位坐在前排的朋友吵醒,她感到极为惊讶。他们很快驶离中心地带,虽然当车子停在一栋公寓楼前时,他们仍在这镇子的地界内。司机无论如何也叫不醒他老板,最后靠在他耳边大声喊出他的住址才成功。

戈林小姐站在人行道上,等了许久。她注意到,沿着公寓楼的一侧,盖了座小花园,园子里种了些常青植物,那些树和灌木丛都很小,很显然这园子、这房子都才建起来不久。花园四周缠了一圈铁丝网,一只狗正想从底下爬过去。"本,我去把车停好。"司机说。

本从车里出来,戈林小姐被他推着走在前头,进了大厅。

"冒牌西班牙风格。"戈林小姐这句话更像是说给自己听,而非说给本听。

"不是冒牌,"他阴着脸说,"这就是西班牙风格。"

戈林小姐禁不住笑了笑。"我可不这么认为,"她说,"我去过西班牙。"

"我不信,"本说,"反正这就是西班牙风格,每一砖每一瓦都是。"

戈林小姐环顾着四周的墙壁,墙面被刷成了黄色,上头装饰着壁龛和一根根小小的柱子。

他们一起走进一台窄小的电梯,戈林小姐吓得心跳都要停止了。她的同伴摁了按钮,但电梯纹丝不动。

"我要剁了做这玩意儿的人。"他跺着脚说道。

"啊,"戈林小姐说,"请让我出去。"

他没有理会她,而是更用力地跺了一下脚,然后把那按钮摁了又摁,仿佛她声音中透露出的恐惧使他兴奋不已。终于,电梯开始往上走了,戈林小姐用手捂住了脸。电梯到了二楼,停了,他们走了出来。过道很窄,墙上开了三扇门,他们在其中一扇门外等着。

"钥匙在吉姆那儿,"本说,"他马上就上来了。我们不会去跳舞或干其他有的没的,希望你能明白。别人觉得那些好玩,但我受不了。"

"啊，那些东西我都喜欢，"戈林小姐说，"我骨子里是个无忧无虑的人。也就是说，无忧无虑的人喜欢的任何东西我都喜欢。"

本打了个哈欠。

"他永远不会好好听我说话的。"戈林小姐心想。

不久，司机拿着钥匙回来了，给他们开了门。客厅很小，平淡无奇。有人扔了一大堆东西在地板中央。透过包着的纸裂开的口子，戈林小姐瞥见里头有一床漂亮的粉色被子。这被子给了她一点信心，于是开口问本，这是不是他亲自挑选的。他没回答，而是叫了一声正在厨房的司机。厨房和客厅挨着，门没关，戈林小姐能看到司机仍戴着帽子穿着外套站在水槽边，慢慢取出牛排。

"我跟你说了，务必让他们拿走那该死的铺盖。"本朝他喊道。

"我忘了。"

"那就随身带一个记事本，时不时掏出来瞅两眼。街角就有卖的。"

本一屁股坐到沙发上，挨着戈林小姐，手放到她膝盖上。

"怎么啦？你买了这被子，又不想要啦？"戈林小姐问他。

"不是我买的。上礼拜跟我待一块儿那姑娘买的，买来给我们睡觉时盖的。"

"你不喜欢这颜色吗?"

"我不喜欢眼前有多余的东西。"

好一阵儿,他坐在那里想心事,一副闷闷不乐的样子。每次他陷入沉默,戈林小姐的心跳便骤然加速,于是她搜肠刮肚,想要再问他点什么。

"你不爱与人攀谈。"她对他说。

"你的意思是聊天吗?"

"是的。"

"对,我不喜欢。"

"为什么不喜欢呢?"

"一聊天就容易说太多。"他心不在焉地答道。

"呃,难道你就不急于了解别人吗?"

他摇了摇头。"我不需要去了解别人,更重要的是,别人也不用来了解我。"他用眼角的余光瞟着她。

"好吧,"她觉得有些呼吸不上来,"总归有什么是你喜欢的吧。"

"我喜欢女人,我也喜欢挣钱——钱来得快的话。"他毫无预兆地猛然起身,还相当粗鲁地抓住戈林小姐的腰,把她也拖了起来。"牛排还没上桌,我们进去一下。"

"不要这样,"戈林小姐求他,"我太累了。吃饭前我们在这儿休息休息吧。"

"行,"本说,"我去房间里躺一下,等牛排好。我喜欢吃全熟的。"

他走后，戈林小姐坐在沙发上，绞着双手，手心里全是汗。她的内心挣扎不已，一方面快要控制不住自己，想要夺门而逃；同时又感受到一种病态的渴望，让她原地不动。

"真希望，"她对自己说，"我还没想好怎么办，牛排就煎好了。"

然而，等到司机叫醒本说牛排好了时，戈林小姐已经下定决心，自己必须要留下来。

他们围坐在一张小小的折叠桌旁，安静地吃着。刚刚吃完，电话就响了起来。本去接，聊完后，回来跟戈林小姐和吉姆说，他们三个得进城一趟。司机心照不宣地看了他一眼。

"从这儿过去用不了多久。"本一边穿上大衣，一边说道。他转身向着戈林小姐。"我们要去一家餐厅，"他对她说，"我和朋友谈生意，你自己另找一桌乖乖坐着。如果搞到太晚，我们俩就在城里过夜，去市中心一家我经常去的酒店。吉姆会把车开回来，住这儿。现在，所有人都清楚了吧？"

"清楚得很。"戈林小姐说，见他们要离开此地，她自然很开心。

那餐厅不怎么好，位于一栋老房子的一楼，房间很大，四四方方的。本领她走到靠墙的一张桌子,叫她坐下来。

"你可以时不时点些东西。"他说完就走到三个男人身旁,他们正站在用细木条和混凝纸临时搭建的吧台边。

客人几乎都是男性,戈林小姐发现里面没什么有地位的人——尽管也没人穿得太邋遢。和本说着话的那三个男人面目丑陋,甚至有点凶神恶煞的。她瞧见本朝坐得离自己不远的一个女人打了个手势,那女人走过去同他聊了几句,然后就快步走到戈林小姐这边。

"他让我转告你,他会在这儿待挺久,可能得超过两小时。你想点什么就跟我说。意大利面还是三明治?你要哪个我就给你拿哪个。"

"不用了,谢谢,"戈林小姐说,"你能坐下来陪我喝一杯吗?"

"说实话,不能,"那女人说,"不过非常感谢。"她犹豫了一阵,才跟戈林小姐道别。"当然了,我倒是乐意请你到我们那桌坐坐,但情况挺复杂。这边大多数人彼此都很熟,我们见面时啥都讲。"

"我理解。"戈林小姐说。看到对方走开,她很难过,她可不想一个人坐两三个小时。虽然她也不盼着本回来,但是就这样被晾在一边,无所事事地等着,简直让人受不了。她突然想到,也许可以打电话给某个朋友,叫她来这边喝一杯。"本肯定不会反对,"她想,"我和另一个女人聊聊天吧。"在她认识的人里,熟到可以立马叫来的,只有安娜和科波菲尔德太太。这两人中,她又更喜欢科波菲尔德太太一些,同时觉得对方最有可能一口答应下来。不过她不确定科波菲尔德太太是否已从中美洲旅行归来。她叫来服务员,让他带自己去打电话的地方。盘问了她一番后,他把她领到一条透风的走廊,替她拨了号码。她成功连线了自己的朋友,对方一听到戈林小姐的声音便激动不已。

"我这就奔过去,"她对戈林小姐说,"能接到你的电话真是太棒了。我才回来没多久,估计也不会逗留太长时间。"

科波菲尔德太太正说这话时,本来到走廊,从戈林小姐手里一把夺过话筒。"你他妈在讲什么?"他质问道。

戈林小姐请科波菲尔德太太稍等片刻。"我在给一位女伴打电话,"她对本说,"我们好久没见了。她性情开朗,我想她也许愿意过来和我喝一杯。我一个人待在那儿有些寂寞。"

"喂,"本朝话筒喊,"你来吗?"

"当然来,马上[1]!"科波菲尔德太太回道,"我可喜欢她了。"

本这下似乎终于满意了,一句话也没说,把听筒递回给戈林小姐。但是,离开走廊前,他又颇为认真地同

---

[1] 原文为法语"tout de suite"。

戈林小姐讲，自己只要一个女人。她点了点头，继续和科波菲尔德太太聊了起来。她将服务员替自己写下的餐厅地址告知了对方，然后便挂断了电话。

差不多半小时后，科波菲尔德太太到了，同来的还有一个戈林小姐从未见过的女人。看到老朋友的样子，戈林小姐大为震惊。科波菲尔德太太瘦得皮包骨头，看上去脸上还在出疹子。她朋友十分迷人，但戈林小姐不喜欢那一头太过粗硬的头发。两人都一袭黑衣，打扮得很贵气。

"她在那儿。"科波菲尔德太太尖叫着，抓起帕西菲卡的手，奔向戈林小姐。

"你的电话真是让我高兴得不行，"她说，"这世上我想见的，单单就你一个。这是帕西菲卡，她同我住在一起。"

戈林小姐请她们坐下。

"不好意思，"帕西菲卡对戈林小姐说，"我和一个男孩约了见面，他住在离市区很远的地方。很高兴认识您，不过那男生现在估计又急又气，我得赶紧过去了。她可以跟您聊，她跟我说过，你们是很好的朋友。"

科波菲尔德太太急得站了起来。"帕西菲卡，"她说，"你得先在这儿坐会儿，喝几杯。我们三个相聚，堪称奇迹，你不能就这么走掉。"

"太晚了，再不去我麻烦就大了。她不肯一个人过来。"帕西菲卡对戈林小姐说。

"别忘了,你答应过我,之后会来接我的,"科波菲尔德太太说,"克里斯蒂娜准备走的时候,我就给你打电话。"

帕西菲卡跟她们道过别,赶紧离开了。

"你觉得她怎么样?"科波菲尔德太太问戈林小姐,然而没等她回答,便叫来服务员,点了两杯双份威士忌。"你觉得她怎么样?"她又问了一遍。

"她是哪里人?"

"西班牙人,住在巴拿马,世上再也找不到第二个这样的可人儿了。我们俩谁也离不开谁,我别无他求了。"

"不过,我还是得说,你看上去状态不大好。"戈林小姐很担心自己的朋友,于是提了一句。

"我跟你讲,"科波菲尔德太太突然一脸紧张地将身子往前倾了倾,说道,"我有一点担心——不是非常担心,因为我不会让我不想发生的事发生——但我还是有一点担心,帕西菲卡遇上了这么个有钱人家的金发小子,他还让她嫁给他。这人金口难开,性格又软弱,可我觉得他的百般奉承让她有点飘飘然。我同她一起去过他的住处——我可不会让他们单独相处——她还给他做过两次饭。他超级喜欢西班牙菜,无论她给他做什么,吃得都很起劲。"

科波菲尔德太太往后靠了靠,目不转睛地盯着戈林小姐。

"一订到船票,我就带她回巴拿马。"她又点了杯双份威士忌。"你觉得如何?"她急切地问道。

"或许你再等等看,看她是不是真的想嫁给他。"

"你疯了吗?"科波菲尔德太太说,"没有她,我活不了——一秒钟都活不了。我会崩溃的。"

"但是你已经崩溃了,还是说我想错了?"

"是的,你没错,"科波菲尔德太太手握成拳头砸向桌面,恶狠狠地说道,"我已经崩溃了,这么多年来,我就盼着这一刻呢。我知道我十恶不赦,但是我愿意不惜一切代价守护自己的幸福。现在我能做主了,胆量也不小——你记得吧,我以前可是什么也不敢做。"

科波菲尔德太太有些醉了,样子更难看了。

"我记得,"戈林小姐说,"你之前有些腼腆,但是也相当勇敢。跟科波菲尔德先生那样的人住在一起,没点胆量怎么行——我猜你们现在分开了吧。我曾经很欣赏你,现在就不好说了。"

"你欣不欣赏,对我没影响,"科波菲尔德太太说,"反正我也觉得你变了,没什么魅力了。现在的你,古板得很,也不那么体贴了。你之前那么和蔼可亲,那么善解人意。大家都说你脑子有病,我倒觉得你很有灵性,而且无论想做什么,总能做成。"她又点了一杯酒,沉着脸,坐在那儿静静地喝了一阵。

"你会说,"她接着说道,语气坚定,"人人平等,我们每个人都很重要。可是——虽然我非常爱帕西菲卡——我觉得,显而易见,我自己更重要。"

戈林小姐觉得自己没有资格同科波菲尔德太太争论这一点。

"我理解你的感受,"她说,"也许你是对的。"

"谢天谢地。"科波菲尔德太太说着握住了戈林小姐的手。

"克里斯蒂娜,"她恳求道,"请不要再这么说我了,我受不了。"

戈林小姐希望接下来科波菲尔德太太能问问她的现状,她急于与人分享自己过去一年来经历的一切。然而科波菲尔德太太只是坐在那儿,大口大口地喝着酒,偶尔还洒点在下巴上,甚至连看也没看戈林小姐一眼,她们便这样静静地待了十分钟。

"我想,"科波菲尔德太太终于开口说道,"我要打个电话给帕西菲卡,让她四十五分钟后来接我。"

戈林小姐带她去电话那边,自己回到了座位上。片刻后,她抬头看,发现本和他的朋友们旁边又多了一个男人。当她自己的朋友打完电话回来时,戈林小姐立马发现事情不对。科波菲尔德太太跌坐到椅子上。

"她说她不知道自己什么时候能过来,如果你想走,她又还没来的话,我就跟你回家,或者自己一个人待着。

该来的还是来了,对吗?我这人妙就妙在,离绝望永远只有一步之遥,而且在我认识的人中,像我这样毫不费力就能做出可怕的事来的,可真不多。"

她将手举过头顶,挥舞了一下。

"通常毫不费力就能做出可怕的事。"戈林小姐说。此时此刻,戈林小姐已经受够了科波菲尔德太太,只见她起身,摇摇晃晃地走向吧台,站在那儿,一杯接一杯地喝着,小小的脑袋埋在巨大的大衣毛领里,抬也不抬。

戈林小姐只去喊过科波菲尔德太太一次,想着也许可以说服她朋友回到座位上。但是科波菲尔德太太泪水涟涟,气愤地朝戈林小姐甩了一下胳膊,小臂打中了她的鼻子。戈林小姐只好回来了,坐着揉鼻子。

她没想到,差不多二十分钟后,帕西菲卡来了,旁边跟着那小伙儿。她向戈林小姐介绍了他,然后赶紧去了吧台那边。小伙子双手插袋站在那儿,局促不安地四处打量着。

"坐吧,"戈林小姐说,"我以为帕西菲卡不会来了。"

"她原本不打算来的,"他慢条斯理地答道,"后来还是决定来一下,担心她朋友难过。"

"科波菲尔德太太恐怕是个相当容易激动的女人。"戈林小姐说。

"我跟她不熟。"他谨慎地回答。

帕西菲卡同科波菲尔德太太一起从吧台边回来了。

科波菲尔德太太现在极为兴奋,嚷嚷着要请所有人喝酒,但是那小伙子和帕西菲卡都回绝了。小伙子看上去很伤心,不久便告辞了,说自己原本只打算送帕西菲卡来这边,然后便回家的。科波菲尔德太太坚持要送他出门,一路上不住拍着他的手,东倒西歪的,他只好扶住她的腰,以防她摔倒。与此同时,帕西菲卡朝戈林小姐凑了凑身子。

"太可怕了,"她说,"你朋友就是个小宝宝!我离开她十分钟都不行,她会伤心死的,而她又是个如此善良如此慷慨的女人,有那么漂亮的家,那么漂亮的衣服。我该拿她怎么办啊?她就像个小宝宝。我试图向跟我约会那小伙儿解释这一点,但真的,和谁都解释不清。"

科波菲尔德太太回来了,提议去其他地方吃东西。

"我走不了,"戈林小姐垂下眼睛,说道,"我跟一位先生有约在先。"如果能和帕西菲卡多聊一会儿,那就再好不过了。在很多方面,帕西菲卡让她想起加默隆小姐,当然啰,帕西菲卡人好得多,也更有魅力。这时她注意到本和他的朋友们正在穿衣服,准备走了。她只犹豫了一秒钟,就赶紧跟帕西菲卡和科波菲尔德太太道别。她正围上披肩,却惊讶地看到这四个男人经过她所坐的位置,飞快地朝门口走去。本对她没有任何表示。

"他肯定还会回来。"她想着,不过还是决定去走廊里看看。他们不在走廊,于是她打开门,站在门口的台阶上。她瞧见所有人都坐上了本的黑色汽车。本是最后一个上车的,踩上脚踏板时,他扭过头,看见了戈林小姐。

"嘿,"他说,"我把你给忘了。我要去很远的地方处理些重要的事,不知道啥时候能回来。再见了。"

他重重关上车门,扬长而去。戈林小姐沿着石阶往下走,长长的楼梯在她眼里是那么短,仿佛一场旧梦,遗忘许久,却重又浮现。

她立在街头,等待着经历巨大喜悦与感到如释重负的那一刻。但很快便意识到,一股新的伤悲在心里蔓生开来。她觉得自己再也不会如一个稚嫩的小孩般轻易怀抱希望了。

"我变得越来越像一个圣徒了,这不言而喻,"戈林小姐陷入了沉思,"但会不会有部分的我,我自己意识不到的那部分,正像科波菲尔德太太一般接二连三飞快地积累着罪过呢?"戈林小姐觉得这想法颇为有趣,然而也无关紧要。

"在烂泥地里也不是毫无乐趣,
只要你能坦然接受自己的处境,
而不是时时觉得无地自容就行。"

一页 folio

始于一页,抵达世界
Humanities · History · Literature · Arts

出品人	范新
监制策划	恰恰
特约编辑	苏骏
营销编辑	张延戴翔
新媒体	赵雪雨
版权总监	吴攀君
印制总监	刘玲玲
装帧设计	汐和
内文制作	陆靓

Folio (Beijing) Culture & Media Co., Ltd.
Bldg. 16-C, Jingyuan Art Center,
Chaoyang, Beijing, China 100124

一页 folio
微信公众号

官方微博:@一页 folio ｜ 官方豆瓣:一页 ｜ 媒体联络:zy@foliobook.com.cn

TWO SERIOUS LADIES
Copyright © 1943, Rodrigo Rey Rosa
Simplified Chinese edition copyright © 2022 by Folio (Beijing)
Culture & Media Co., Ltd.
All rights reserved.

版权登记号：图字：01-2021-6580号

图书在版编目（CIP）数据

两位严肃女士／（美）简·鲍尔斯著；周蕾译 .-- 北京：当代世界出版社，2022.2
ISBN 978-7-5090-1632-9

Ⅰ.①两… Ⅱ.①简… ②周… Ⅲ.①长篇小说—美国—现代 Ⅳ.①I712.45

中国版本图书馆CIP数据核字（2021）第224335号

书　　名：	两位严肃女士
出版发行：	当代世界出版社
地　　址：	北京市东城区地安门东大街70-9号
邮　　箱：	ddsjchubanshe@163.com
编务电话：	（010）83907528
发行电话：	（010）83908410
经　　销：	新华书店
印　　刷：	北京中科印刷有限公司
开　　本：	889毫米×1194毫米　1/32
印　　张：	8
字　　数：	141千字
版　　次：	2022年2月第1版
印　　次：	2022年2月第1版
书　　号：	978-7-5090-1632-9
定　　价：	59.00元

如发现印装质量问题，请与承厂联系调换。
版权所有，翻印必究；未经许可不得转载！